苦乐年华

任欣 著

天津出版传媒集团
百花文艺出版社

图书在版编目（CIP）数据

苦乐年华 / 任欣著．-- 天津 ： 百花文艺出版社，2025．1．-- ISBN 978-7-5306-9040-6

Ⅰ．I247.7

中国国家版本馆 CIP 数据核字第 2025SZ6374 号

苦乐年华

KULE NIANHUA

任欣　著

出 版 人：薛印胜

特约策划：天下才俊工作室

责任编辑：李爽　　**装帧设计：**罗佳丽

出版发行：百花文艺出版社

地址：天津市和平区西康路 35 号　邮编：300051

电话传真：+86-22-23332651（发行部）

+86-22-23332656（总编室）

+86-22-23332478（邮购部）

网址：http://www.baihuawenyi.com

印刷：廊坊市伍福印刷有限公司

开本：880 毫米 ×1230 毫米　1/32

字数：160 千字

印张：6.625

版次：2025 年 1 月第 1 版

印次：2025 年 1 月第 1 次印刷

定价：78.00 元

如有印装质量问题，请与廊坊市伍福印刷有限公司联系调换

地址：安次区码头镇东辛庄村

电话：13731634666

邮编：065003

名校长兼小说家任欣

凌鼎年

二〇二四年七月下旬，我应邀去山东济南参加第32届图博会（北京国际图书博览会），给青少年创意写作“中国少年科幻杯”获奖的学生颁奖，之后，随同参与研学活动的学生去曲阜。曲阜我去过16次，熟门熟路，这次算故地重游。去前，我在微信里打上“曲阜”两字，跳出多个名字，其中有“任欣”。印象中任欣系校长兼作家，依稀记得我为他的小小说集写过推介语。小小说为媒，我给任欣发了个微信，告知他要在曲阜逗留一天住一晚，如果方便可以见一面，聊聊天，叙叙旧。

那天，我陪学生去了孔庙、孔府，与尼山，吃晚饭时，我老朋友闵凡利到了。闵凡利是枣庄市文艺评论家协会主席，国家一级作家。到下榻的宾馆时，任欣也到了。闵凡利是被邀请来为研学的学生讲课的，等闵凡利开始讲课后，我就与任欣到房间聊了起来。

任欣没有山东大汉的高大威猛，但文质彬彬，一派儒雅。他告知：准备出版一本短篇小说集《苦乐年华》，正在考虑请谁写序呢。我在这时间段光临曲阜，与之见面，算是一种缘分。

其实，我与任欣以前并没有见过面，但有过多年的电话、微信往来，算神交吧。我只知道他是校长，还是名校长。我是教育学院中文系毕业的，一度也做过教师，我们算半个同行。我知道写小小说的中小学教师不少，但写小小说的一把手校长凤毛麟角。因为正校长太忙，教学、行政的事就够让他分身无术、焦头烂额了，哪有时间与精力搞文学创作。任欣在繁忙的校长岗位上还能一本接一本出书，不能不佩服，不能不赞一下。

通过与任欣的聊天，我知道了他曾经遭遇过一次车祸。11年前，他乘的公共汽车，因司机疲劳驾驶，在高速公路上冲断栏杆冲向沟去，他飞出车窗外，虽然大难不死，却也受了不轻的伤。在养伤的日子里，他有了时间思考人生，思考未来。那次死里逃生，使他明白了生命的脆弱，悟透了生死，他觉得应该动笔写写，记录些所思所想，为自己、为家人、为后人留点什么。于是，他投入到文学创作中，这一写，就爱上了写作，一发而不可收。再忙，他也要挤时间写，为此，少不了要推掉若干饭局、若干应酬，也多少得罪某些朋友与熟人，但他不悔。

山东回后，我急事急办，先给濮阳的作家、画家苏斌的散文集写了序。发出后，第二天就开始翻看任欣的短篇小说集《苦乐年华》，为他写序。

任欣把《苦乐年华》这篇作品作为整本集子的打头稿，还选作了书名，可见他对这篇作品的重视。任欣借用名叫“平安”的视角，描写了他邻居大娘一家几个孩子的成长与沉浮。作品没有波澜壮阔的背景，也没有跌宕起伏的情节，仅是几个农村普通孩子的生活缩影，反映的是当下的真实，用现在的文坛术语就是接地气，属现实主义作品。大娘是个要强的人，但俗话说一龙生九子，九子各不同。她的四个孩子，命运各异，人生道路各不相同，这是大娘无法左右的。大娘当年风光过，为了孩子，生气过，埋怨过，犯难过，发愁过，满足过，期盼过……虽然四个孩子有磕磕碰碰，但毕竟都长大成人，走上社会了，大娘也就有了希望。任欣为读者展示的大娘一家的生活图卷，让读者看到了千千万万普通人的起起伏伏，曲曲折折，这就是生活，就是社会，就是清明上河图一角。

《白月光》是任欣的新作，题目也是人名，也就是说这是一篇写人的故事，确切地说，是一篇写初恋的故事，故事的主人公就是白月光。作品从初中毕业40年后同学聚会写起，用倒叙的手法，回忆了徐帆40年前如何认识转学来的新同学白月光，如何被他的多才多艺吸引，一步步堕入单相思的过程。转折发生在白月光重回了上海后，俗话说距离永远是爱情的障碍，也许在白月光心里，徐帆就是一个与自己走得比较近、相处比较好的异性同学而已，根本没有往爱情方面想。但痴情的徐帆为了他，特地大学考到了上海，可惜上海太大，茫茫人海，哪儿去找。最后岁月蹉跎，无奈地嫁给了一直追求她的庞统，但由于徐帆心里放不下白月光，与庞统的家庭生活也就一直矛盾不断，不顺不舒怀。

直到这次40年后同学聚会，徐帆满心高兴地以为能见到自己昔日的白马王子了，可惜他没有来。徐帆去找了他，才发现当年一身帅气的白月光已在岁月的“杀猪刀”下，变成了一个痴痴呆呆的破老头子，打破了她心中那个有光环的美梦，让她极为失望……

这篇作品，看上去白月光是最重要的人物，其实，徐帆才是一号人物，整篇作品都是她的视角，都是她的所思所想、所作所为。应该讲，作者把白月光、徐帆两个人物都写出来了，不过徐帆这个人物更真实，她的一生更让读者唏嘘。

整篇作品，任欣采用了先扬后抑的手法，这与先抑后扬是相辅相成的两种小说笔法。

《迷途知返》从题目猜测，像是写浪子回头金不换的故事，作品是从主人公平安的爸爸平凡写起的，平凡是一个厨师，他在外出打工时，遇到了山花，走到了一起，开了饭店，小日子过得蛮红火的。但平凡其实是有老婆的，为了山花才离婚的。后来，发生了民间常有的婆媳矛盾。平凡受到城里人生活的诱惑，借贷过日子，被逼债，矛盾就更大了，以至于平凡最后客死他乡。

好在山花的儿子平安有出息，考上硕博连读，毕业后，结了婚，原本算鸡窝里飞出金凤凰，谁知平安有了他爹的遗传，经不起城市生活的诱惑，有了妻子外的相好，夫妻就有了矛盾，家庭有了裂痕，平安竟离家出走，他母亲山花为找他回来，不幸遭遇车祸。母亲的死，让平安痛不欲生，最后他幡然悔悟，回归了正常的生活。

这篇小说，在任欣的笔下，平安这人物是有变化的，从一个认真读书的有为青年，到家庭美满，到只顾自己开心，抛弃家庭，再到回归家庭，让读者感觉人物的可信，故事的真实。

依我看，刻画得最成功的是平安的母亲山花，一个有韧性又包容的女性，她的不幸让读者为之掬一抔同情之泪。

集子中有多篇应该归类为小小说。

《冰糖葫芦甜》初读，以为是写一个小商贩的故事，读下去才知道是一个自强自立的正能量的故事。当年的同学李想因为学校预选没有选上，虽然学习成绩好，却连参加高考的资格也没有，但他坦然面对，竟没有去复读，开始走上社会，养家糊口，最后成了一个卖冰糖葫芦的个体户，后来知道，当年因为他家里有病人，兄妹又多，他才毅然放弃了复读放弃了考大学。多年来，他从卖冰糖葫芦到卖棉花糖，生意渐渐做大，最让人钦佩的是，他把大闺女培养成在读博士，二闺女培养成在读硕士，让人刮目相看，这样的人物是值得尊敬的。

《丢了一只老公鸡》写邻里之间的纠纷，这在农村在小镇上不说司空见惯，也是常有的事。矿区家属院李文强家的那只雄赳赳、气昂昂的大公鸡走丢了，不见了，他媳妇王丽娟以为被谁家偷了，就在胡同里亮嗓子骂街，可到晚上也没有找到，就让女儿楠楠去找，巧不巧，楠楠在后街的王长梅家看到他们正关着门在杀鸡，就怀疑上了。第二天，王丽娟在垃圾堆里发现了鸡毛，认定是自家那大公鸡的羽毛，所谓证据确凿，李文强两口子就去王长梅家上门兴师问罪了，两家的友情跌入冰点，被人拉开后，正生闷气时，那走丢的大公鸡又神气活现地回来了，原来是一场误会，冤枉了邻居，弄得李文强、王丽娟有点下不来台，咋办？杀鸡，上酒，赔礼道歉呗。好在矿区人大度，不但不记仇，还可能因此促成了两家儿女间的婚事，所谓坏事变好事。

《苦乐年华》共收录 18 篇作品，有三个特点：一、现实主义写法是总基调；二、人物基本上是小人物，是平头百姓，故事都来自基层，来自小镇小城；三、作者不是为人物树碑立传，而是记录他们的点点滴滴，立此存照。故任欣对人物不拔高，也不掩饰，写他们的七情六欲，写他们的喜怒哀乐，写他们的日常生活，写他们的梦想与追求；让读者似曾相识，让读者触发回忆，让读者引起共鸣，让读者有所思考。

如果说还有什么不足，那就是题材与手法还稍嫌单一。也就是说，任欣的下一本，有变化与探索的空间，让我们一起期待。

2024 年 8 月 10 日于太仓先飞斋

（凌鼎年，中国作协会员、世界华文微型小说研究会会长、作家网副总编，亚洲微电影学院客座教授、西交利物浦大学校外导师、苏州健雄学院娄东文化研究所特聘研究员、苏州市政府特聘校外专家、中国微型小说校园行组委会主席、讲师团团长。）

目　录

苦乐年华

几回回梦里回老家，一行行泪水满脸颊。三年疫情过去了，平安今年终于能回家过年了。

回到老家，老家的声音，老家的大街小巷、一草一木在平安眼里格外亲切。平安真真正正过了个团圆年、幸福年。

大年初一，平安要挨家挨户拜年，第一个去的就是邻居大娘家。

邻居大娘是看着平安长大的，平安能有今天的成功，和大娘息息相关。因为大娘当年的一言一行，影响和改变了平安。那种影响和改变刻骨铭心，让平安终生难忘。每年的春节，只要平安回来，一定先给大娘拜年。

门虚掩着，喊了几声，没人应声。进了屋，才发现大娘躺在床上，满头白发，很显苍老，这让平安大吃一惊。三年不见，大娘严重脱相了，要不是在大娘家里这个特殊的地方，平安说什么也不敢相信眼前的老人就是大娘。

“大娘，过年好啊，你老侄子给你老人家拜年了。”平安大声道，跪下磕了三个响头，鼻子酸酸的，直想哭。

“噢，大侄啊，你回家来了。”大娘睁开眼，无力地应着。

这么冷的天，连炉子也没点，怎么会这样？家里的人呢，过年不就是图个儿孙绕膝天伦之乐吗？大过年的，人来人往，就不怕丢人？平安心中充满疑惑。

大娘以前英姿飒爽，呼风唤雨，气场十足，走到哪里哪里都以她为中心。在四邻八乡一提大娘，那是赫赫有名、响当当的人物。可眼前的大娘老成什么样了？很难准确形容，又怎一个老字了得。岁月就像一把刀，刀刀刻人老。怎么会是这样？眼前的一幕，即使再聪明的脑子也无法想像。平安感慨万端，思绪一下子回到了四十多年前。

一

平安的老家地下水丰富，有包括神泉在内的几十处大小名泉。泉汇流成河，蜿蜒北去，全长约四百米，水流清澈，四季不断。远远望去，神泉仿佛一条长长的飘带，漂浮在无垠的田野上，成为养育当地人民的母亲河。

平安就是喝着神泉的水长大的。

平安家和大娘家只有一墙之隔。大爷是煤矿工人，从部队转业到矿上工作，待人和善。部队让他知道了服从命令是军人的天职。到煤矿后，他埋头苦干；下了班不问事，不操心，家里的一切都听从大娘安排。听老人讲，大娘没过门时就是村里的妇女主任，经常出头露脸。她不但长得俊，还能说会道。她个头儿高，嗓门高，到了场上，只听她一个说就够了。大娘是个热心肠，别人求她办事没有不应允的。

嫁到我们村不久，大娘就做了一件极漂亮又功德无量的事，让人对她刮目相看。

平安本家的二叔，是个能工巧匠。他一表人才，浑身有使不完的劲儿。可由于家里成分不好，36 岁了还没有找上媳妇。介绍的也不少，自己也有谈的，可一到最后关键时刻，女方一打听，知道他是地主后代就断了这门婚事。急得二叔扛起一个碌碡，在院子里一圈圈转，心里的火出不来，难受啊。知子莫如母。每逢看到二叔这样，平安的奶奶也急得在屋子里一圈圈转，到最后娘俩抱头痛哭。

二叔成不上家，成了奶奶的一块心病。不管认识的还是不认识的，奶奶逢人说上几句话便央求人家，给孩子说个媳妇。看着奶奶哀求的目光，遇上的人都答应下来，“行、行、行，你放心，有合适的一定介绍。”奶奶千恩万谢完，就燃起了希望，天天在大门口翘首以盼，望眼欲穿，等着来人提亲。晚上大门也不关，唯恐耽误了相会时间。奶奶不停地嘟囔，“怎么还不来？说好的，怎么还不来？”直到困得合上眼。

看着80多岁的老母亲还在为自己的婚姻操心，犯难，发愁，平安的二叔不忍心了。他走到水库边上，想跳河自尽，一了百了。我不在了，娘再也不用为我操心了。可我不在了，娘自己怎么活啊？二叔纠结起来，脑海里有两个人在打架，一会儿这样想，一会儿那样想。举棋不定，犹豫不决，他围着水库一圈圈转，直到东方露出鱼肚白，一阵风吹来，二叔打了个激灵，清醒了。不行，我怎么能当不孝儿，狠心撇下老娘呢，我这样做还是人吗？我要负起责任来。

“娘，这辈子我不娶媳妇了，我好好孝顺您。”回到家，二叔坚定地说。

“傻瓜孩子，还有门。我就不信，咱这么好的人就遇不到一个合适的人。老天一定会开眼的，咱不灰心，还不到时候，一定会的。”奶奶安慰道。自己的孩子什么品行，性格怎样，奶奶一清二楚，看破不说破，日子还得过。

茫茫人海，芸芸众生，那一个她哟你到底在哪里？

大娘清楚二叔一家的为人，知道了这个情况后，大娘就把自己的远房侄女说给二叔。一开始，女方家长很不乐意，嫌二叔年龄大，条件差。没想到，大娘认准的事不成功决不罢休，决不放弃。“咱是亲戚，我还能胳膊肘往外拐，把孩子往火坑里推？相信我，孩子来了只会享福，过好日子。再说由我看着，你就一百个放心吧。孩子决不会吃亏，这事我负责，打包票。”就这样软磨硬泡，一趟、两趟，不知跑了多少趟，好话说尽，大娘终于打动了女方家长，把这出媒说成了。

二叔结婚的那天，平安的奶奶一个劲地让二叔给大娘磕头，嘱咐他忘了谁也不能忘了恩人啊。

“不用这样，能说成一门亲事，那是行善积德的好事，也是我的造化啊。”大娘连忙把二叔拉起来。

二叔也知恩图报，后来，大娘家的庄稼活儿二叔全包了，到现在他还干着。

二

由于大娘的热心肠，大伙有什么事都愿意找大娘帮忙，大娘也是有求必应。大娘这个民间调解员一干就是几十年。你可别说，只要她一到场，人们都愿意听她发号施令，服从她的调遣，积极效劳，不打折扣。没有安排到的，还找着要活干，甚至还找着让她打，让她骂，不打不骂不自在。这一打一骂，所有的问题都迎刃而解。谁家有处理不了的棘手事，最后的办法就是找大娘。她一来，没有解决不了的事。这就是本事，这就是能力，这就是艺术。人家说话掉地上砸个坑，句句有劲。人家说话一说就说到点子上，句句在理。她说得有板有眼，声情并茂。她讲得头头是道，娓娓动听。

好马出在腿上，好汉出在嘴上。大娘文化程度不高，可就是脑子活，反应快，张口就来。大娘正值当年，年富力强，浑身有使不完的劲儿。大娘敢说敢当，敢做敢为，主持公道。在她的人生字典里从来没有“怕”这个字。公开场合人们一见到大娘，高接远迎，毕恭毕敬，自动分成两行。大娘也不谦虚，背着双手，踱着方步，早已适应了这种场合。但时间久了，就有了闲言碎语：大娘处处习惯于高高在上，指点迷津，什么事得以她为中心；多与少，差与错，都是别人惹的祸；错都是别人的，好全是她的。看不惯的人，嫉妒心强的人，私底下就说大娘傲气，看不起人。她得罪过的人还暗暗骂她，诅咒她，“太阳不会长晌午，能得都想上天了，将来死不出好死来。”“最毒莫过妇人心。”

人人背后都说人，人人背后都被说。

那是别有用心的人对大娘的评价，平安可不这么认为。大娘威风凛凛，器宇轩昂。平安对大娘佩服得五体投地，幻想着将来也当大娘这样的人物。

三

大娘有四个孩子，老大是女孩，小名叫春。老二是个男孩，小名叫夏。老三是女孩，小名叫秋。老四是个男孩，小名叫冬。按庄乡辈分和年龄大小，平安分别把他们叫大姐，大哥，二妹，二弟。

平安家就不行了，只有他自己。父母都是农民，条件没法和大爷家比。经济悬殊，自古两个钱的不和一个钱的说话，你走你的阳关道，我过我的独木桥。两家基本没什么来往，关系也就一般了。

大娘家经常炸鱼炖鸡，隔着一堵墙，香味扑鼻，馋得平安直淌口水。

一次不知什么原因，平安全家被请去大娘家吃饭，太阳可是从西边出了。上了大鱼大肉，平安好像多少年没吃过饭似的，两眼放光，真想来个饿虎扑食。开始吃了，平安可不管他们怎么看他，挑最好的往嘴送，把嘴撑得鼓鼓囊囊的。有时还没咽下去，筷子又夹满了。看到平安的馋相，娘觉得不好意思，多次打平安的手提醒，也没有效果。等再打手的时候，大娘说话了：“别这样，让孩子吃就是。做饭就是为了吃的，大人吃了浪费，小孩吃了长身体，还有用呢。别说孩子没出息，关键是没有，如果孩子常吃，他还这样馋吗？别怨孩子，你看俺家里这些孩子就不这样，你要让他天天吃，他就不这个样了，要怨就怨咱穷，没能力让孩子吃好点。”

话糙理不糙，大娘的话就像一把利剑直插娘的心脏，让娘心痛欲绝，让娘无地自容。而平安懵懵懂懂的，哪里明白善意恶意和话里的深意，只知道大娘让吃娘不让吃。

1979年大姐出嫁了，大人安排平安打灯笼。那时平安刚9岁，天还没亮就被叫起来，打着灯笼走在送亲队伍的最前头。那时人们对喜事很讲究，也很重视。遇到电线杆、桥头，队伍就停下来，有专人贴青龙贴，祈求平安，早生贵子。尽管离新郎家很近，但也要走大道，绕大圈，寓意好事多磨，圆圆满满。转到新郎家时，天还没大亮。迎亲的人把送亲的人迎进家门，进行结婚典礼，鞭炮齐鸣，喜庆唢呐，张灯结彩，披红挂绿，最后散发喜烟和喜糖，人们争相哄抢。沾点喜气，图个热闹。平安就像刘姥姥进大观园，摸摸这里，新鲜；看看那里，亮堂。好奇，兴奋，就像过电影似的。平安也入席，饭菜香气扑鼻，他胃口大开。那是平安一辈子吃得最好的一顿饭。后来听说，大姐出嫁后，大娘哭得是一塌糊涂。

四

大哥比平安大四岁，平安就是大哥的小跟班，天天屁颠屁颠跟在大哥后面，扇四角，打家棍，捉迷藏，焐窑子，弹溜溜蛋，捞鱼捉虾，溜冰打滑梯，每晚和邻村的半大孩子打石头仗。过年拾到还没响的炮仗，自己舍不得，也要交给大哥让大哥放才行。

那个时候，孩子们最高兴的事是看露天电影。知道放电影了，孩子们都早早去占位，等待的过程也觉得欢乐。电影放映时间长，孩子们宁肯困在场地里也不愿意离开。

看完一个电影，大哥就让平安组织小伙伴们站成一队，平安学着他们的样子背台词：

长江，长江，我是黄河，听到请回答，听到请回答！（《渡江侦察记》）；不见鬼子不拉弦，高！实在是高！（《地雷战》）；甭说吃你几个破西瓜，老子在城里吃馆子都不交钱！（《小兵张嘎》）；我胡汉三又回来啦！（《闪闪的红星》）

…………

平安惟妙惟肖的表演，学大人说话的口气，让一旁的大人忍俊不禁，捧腹大笑起来，直夸平安有本事哩。

他们有时也进行实战演练。受电影的影响，平安接受大哥的指令，当真戴上自编的草帽，用地瓜秧当武装带，木棒当步枪，全副武装起来。他们在人流湍急的石桥上站岗，盘问路人，查验路条，一直到天黑，大哥不下命令，也不回家。反正是大哥指到哪里，平安就打到哪里。

那个时候，随着电影《少林寺》的上映，社会上刮起了“武林风”。大哥撺掇平安从家里偷出小麦拿到打烧饼的邻居家换点钱，拜师学艺。什么左勾拳，右勾拳；什么滑步，拆挡；什么鲤鱼打挺，什么回头望月……平安学得认真，练得刻苦，直到邻居告诉母亲平安换钱的事为止。

出了这档子事，平安娘去找大娘评理。

“平安还小，以后得管管夏这孩子，不要把平安带坏了。”

大娘是谁？反正都有理。她一把拉住平安，开始教训起来。

“从今往后，不许你和你大哥在一起玩，因为什么？你没这个条件，我们是工人家庭，玩的时候也有钱。你大哥再差，将来也能接班混钱，你呢？你接谁的班？还是继续搬坷垃种地。你玩不起，你不配和你大哥玩，你没这个资格。”

“你再和平安玩，我就打你这没记事种。”大娘用手指着大哥，恶狠狠地说。

大娘的话，噎得老实巴交的平安娘一句话也说不上来。

大人是大人，孩子是孩子。大人之间还有隔阂，小孩转个眼花就好了。大人的看法，阻挡不了孩子在一起，他们有各自的玩法和乐趣。

不能明着玩，平安和大哥只好偷偷玩。

大哥上初中的时候，同桌长得好看，能歌善舞，辫子粗又长。大哥就向她表白，说喜欢她，今生今世就爱她一个人，甚至以死要挟。人家势力更大，可不吃这套。乳臭未干的小毛孩子知道什么是爱情？后来大哥被招工去了煤矿，没过几天就在煤矿上谈了一个对象，还领回家来炫耀。他专门当着老同桌的面，骑着金鹿牌自行车，吹着口哨从她身边越过，得意了很久。

想想也是，什么海誓山盟，只爱一人，糊弄鬼去吧。

大哥找的这位长相一般，但老实肯干，不怕吃苦受累。下班就到大哥家里做家务，把里里外外收拾得干干净净，说话办事深得大娘的欢喜。容貌是墙上饼，不能用来过日子。“中看不中用，能当饭吃？这个样子的，才是过日子的人。”大娘常自豪地说。

那个时候思想守旧，不结婚女方是不能留夜的，没想到大哥不知说了什么花言巧语，女方竟然住了下来。大哥霸王硬上弓，逾过了红线。有了第一次，就像黄河开了口，挡也挡不住。好事勤了，就怀孕了。大哥也厌倦了，也不怎么亲热了。有时下了班他也不回家，到处游逛，寻找新的刺激。没想到大哥交了“桃花运”，遇到了更好、更漂亮的一位，把大哥迷得神魂颠倒。他二话没说就把第一个甩了。那个年代，这样的事会出人命的。人家不依不饶，来了好几十口子，大有把家挑了的架势。能惹不能撑、闯祸的大哥早已逃之夭夭，把危险让家里人扛。“俺是黄花大闺女，就这样让你败坏了，你这是丧尽天良，不得好死。你不要俺也不紧，你可不能侵犯俺，你不负责任，俺再怎么找个婆家，你让俺的脸往哪放啊？”来的人先打悲情牌，过了好听的开场白，就是农村妇女特有的、有劲的、难听的“国骂”。女方的家人连闹几天，大娘自知理亏，不敢张嘴，瞧着人家闹，瞧着人家砸，直到在村里的调解下，赔了钱完事。

“这么凶狠的人，幸亏和她没成，否则吃一辈子苦，遭一辈子罪，叫谁谁受得了。”大哥委屈得直哭。

要强的大娘从来没受过这样的窝囊气，要知道大娘从来都是编排别人的主，现在让人笑话得体无完肤，还怎么和大家伙见面？自己的孩子都管不好，还有脸再说这说那，腰板再也挺不直了，张嘴人家就给添个蚂蚱。大娘觉得低人一等，在众人面前无法抬头，竟然憋出病来，好几个月不能出门。

大哥找的这个新媳妇光知道搽脂抹粉、好吃懒做。在大娘眼里，新媳妇除了好看、身材苗条，其余的一无是处。这个窝囊气是因她吃的，这个罪是因她受的。大娘对这个新媳妇没一点好感，还没结婚，婆媳就杠上了。一句话不合，大娘就骂得儿媳妇狗血喷头。没想到儿媳妇也不是善茬，根本不吃这一套，嘴更巧，话更多，丝毫不落下风，分不出胜负来。新媳妇说不让家走，大哥就不敢家走，否则不让上床。就这一招，就把大哥收拾得老老实实、服服帖帖。大哥两头受气，两头不说好，一个也治不住。日子过得鸡飞狗跳，没有样了。

五

大娘就把希望放在二妹和二弟身上，对二妹和二弟格外疼爱，他俩有什么要求，不管合理不合理大娘都满足。

二弟从小不爱学习，调皮得很。一次二弟在下游的树林子里玩，看见了很多鲜血，二话没说跑到派出所报案。二弟说得有鼻子有眼：杀人了，现场有尸体。他领着公安去现场，一查没想到是社员杀驴留下来的血，哪来的尸体。二弟还在犟嘴："刚才还有，怎么没了呢。我没骗人，真的。"不知是吓的，还是心虚，二弟哭了起来。"好家伙，小小年纪，就会骗人，长大那还了得。那好，你报假警，跟我们去派出所吧。"说完警察带着二弟去了派出所。来时活蹦乱跳，犹如英雄；回时垂头丧气，是个罪犯。二弟知道闯了祸，大气也不敢出。最后是学校校长把二弟从派出所领回家的。有了这一出，学是不能上了。

二妹也不争气，对上学不感兴趣，初中毕了业再也不去上了。

前面邻居盖屋的时候，将两家的公用地方往后延了几十厘米，这可是捅了马蜂窝，闯了大祸。大娘以为这是看不起她，欺负她，就把多年受的气撒向了邻居，和邻居大吵大闹起来，打急了眼，抄起啤酒瓶子就朝邻居的男主人砸了过去。男主人冷不防没躲闪开，头上开了瓢，鲜血直流。大娘要是拼了命，谁也拦不住。最后惊动了派出所，在派出所、大队的调解下，邻居赔了钱才完事。有这个症结，两家注定成了一辈子的仇家。

平安考上学，大娘过来提亲，想把二妹介绍给平安。平安的母亲以为孩子好不容易跳出龙门，种了一辈子地，还没种够吗？便委婉地拒绝了大娘。大娘施了缓兵之计："别用急回话，咱都了解，从小一块长大的，知根知底。考虑考虑再说。"

一连几次登门，平安母亲一直不松口，大娘急了，像机关炮似的开了口。

“你有什么了不起的？有人跟就不孬，你看看你家里这个破烂样，要（什）么没（什）么，除了穷还是穷。要不是看着平安考上个学，想和俺家成亲，简直是痴心妄想，癞蛤蟆想吃天鹅肉。我是为好才做亲的，是来帮你的，想供着平安上学。亲事成不了，我看看穷得叮当响的你，怎么供平安？真不知个好歹，知不道天高地厚。我们这么好的条件，打着灯笼也难找的主，你不找你找谁去，活该一辈子受穷，饿死你活该。”说完扬长而去。

受了窝囊气的平安娘，气没地方出，一时想不开，大病一场。

想想也是，平安娘从来没被人请过，别说坐大席，坐正席了。即使偶尔坐席，平安娘也不可能和有头有脸的人坐在一起。和她坐在一起的，不是穷的，就是成分不好的。为什么？都是没经济地位、政治地位的人，被人看不起。连坐席吃饭都分三六九等，你想入人家的圈子，你想让人家待见你，也不撒泡尿照照自己，你是什么身份，什么地位，什么资本？连门都没有。这也是这边农村约定俗成的规定。大伙有意无意，无形当中都是这样做的，要怨就怨自己，你就认命吧。

六

二妹到了结婚的年龄，媒人介绍的不少，但二妹始终不同意，最后才知道，原来是她自己谈了一个，是她的同学。

这门亲事大娘说什么也不同意。一是男方要本事没本事，要长相没长相。二是男方家庭也不行，穷得叮当响。老的老实巴交，只会种地，下死力。孩子们又多，二妹嫁过去只能是受苦受累，别寻思享福。相反咱这边，要长相有长相，要家庭有家庭。和他成，那不是一朵鲜花插到牛粪上了。“凭咱的条件，找谁也比他强。你不找个好人家，光平安他娘也把我笑话死了。”于是大娘吓唬二妹，一哭二闹三上吊，后又绝食，以断绝母女关系要挟，可二妹就是铁了心非他不嫁。“没你行，没他不行，我一霎也活不下去。”二妹立场坚定，哭个不停。

世间爹妈情最真，只有父母没狠心。大娘拗不过二妹，只好风风光光地把二妹陪送走。嫁妆多多的，唯恐男方看不起。

二弟也去南方打工，二弟是个典型的美男子，从小是个“皮精”，找个体面的工作不难。

大娘家又有了欢声笑语。

大哥省吃俭用，攒了点钱，一朋友投资建厂，以高利息借大哥的钱。朋友说好先用三个月，到期连本带息一块还。一开始大哥有点犹豫，朋友急了：“你怎么还不相信我，咱俩是光着腚长大的兄弟，我坑谁也不能坑你啊。”大哥半信半疑、抹不开情面借给了朋友。没想到朋友还真讲信誉，还了再借，借了再还。反复几年下来，大哥只恨自己钱少，便私底下自己融资了部分钱，一块给朋友，最后一下子给了 100 万。一开始利息给的还行，大哥大嫂天天美得不行，认为自己有钱了。后来朋友资金链条断了，利息就没有了，再往后，大嫂得了癌症，急需钱救命，本钱还是要不回来。

图小利吃大亏，两口子连自杀的心都有。

七

日子还得一天天过。

大爷突然得了脑血栓，一家人平常花钱大手大脚惯了，真使钱了，手底下还真没多少钱可用。借钱？高高在上、轻易不求人的大娘可张不开嘴，只好向大姐、大哥要，一开始他们还多少拿点，后来都不想拿钱了。大姐说：“我是嫁出去的女，泼出去的水，遗产我又捞不着，我管是情分，不管是本分。凭什么我既出钱又出力，他们也得摊。”大哥说：“都是一个娘的孩，孝顺老人不分男女，都应当。家家有本难念的经。哪个家里不缺钱，哪个家里没困难。关键是想拿不想拿。光我拿大头，我也有意见。”二妹说：“我孩子还小，本身就困难，平均拿钱，我拿不起。”二弟说：“我还没成家，我还是个孩子，我自己还不够花的，我没钱。”

以前养儿为防老，孩子多了伺候起来也轻快。没想到真到了跟前，谁也指望不上。真是久病无孝子，人穷是非多。

这天，家里突然来了村干部和派出所的人，原来是二弟抢劫入狱了。

大爷思儿心切，急火攻心，竟撒手人寰了。

忙完大爷的丧事，大娘明显变老了。

八

平安毕了业在南方打工，创业艰难。一遇到挫折，平安就想起大娘当年笑话他的情形。“你什么资格，什么条件，只能是种地的料，会有什么财气发？不是我笑话你，你再这样，一辈子吃不了四个碟子八个碗，不信，你试试。”

每每想到这，平安身上就平添很多力量，催他自醒，逼他奋进。

大娘，我一定做出成绩来，让你看看。平安暗暗地发誓，激发起无穷斗志。

这始终是平安埋藏在内心深处的一个心结，打不开，放不下。

二妹最苦了。自己当年相中的男人种大棚发了财，就变了心，真应了那句俗话，男人有钱就变坏。二妹把自己大好的青春和花容月貌献给了他，没想到是这种结局。什么白头到老，一辈子恩恩爱爱。那都是骗人的鬼话。人能同吃苦，不能同享福。刚结婚的时候，他对二妹感恩戴德，言听计从，精心伺候。可人一旦人老珠黄，他就看不上眼了。再加上有了钱，他本性暴露，学会拈花惹草，不怎么待见二妹了。有时二妹管他两句他竟然动手打她，而且下手还挺重，拳头里看不到一点感情。

二妹是要面子的人，路是自己选的，人是自己挑的，当年死不回头，一条路走到底。现在成这样的结局，怕别人笑话她，就想极力挽救他，想把他拉回来。可人学好不易，学孬太快了。江山易改，本性难移。二妹的丈夫不光死不悔改，还得寸进尺，变本加厉，肆无忌惮，色胆包天。家里闹得不可开交，二妹经常以泪洗面。当年真是鬼迷心窍，怎么会跟了这个天良丧尽的家伙。老天爷，你睁睁眼，怎么这样对我？二妹想不开，用别人的错误惩罚自己，心情抑郁，身体垮了下来。

一些事改变不了就别硬来，要想得开，拿得起，放得下，别钻死牛角、认死理，日子才能过下去。为了孩子，活着比什么都重要！有人开导起二妹来。

没过多久，二妹得了大病。丈夫不带去医院看。大哥听说后，找到他，劈头盖脸地骂了起来。

“折腾什么呢？装什么王八犊子，老子走南闯北的时候，你在干什么？知道不，你还穿着开裆裤，撒尿和泥，放屁崩坑呢！你别给脸不要脸，要想废了你，那还不是一跺脚的事吗，啊！”大哥吼个不停。

“对不起大哥，大哥你宰相肚里能撑船，别跟我这条狗一般见识。”妹夫见风使舵，好汉不吃眼前亏。

“赶快去看病，否则我饶不了你。”打了他，虽然狗改不了吃屎，但目的是给妹妹看病。大哥心想。

“好，好，马上去大医院。”妹夫忙应道。

可为时已晚。二妹的病已到了晚期，只好回家保守治疗。

大娘专门过去看了一趟二妹。

“妈，我不该不听你的话，我给你丢人了。我受罪，活可该。那是自作自受。谁让我有眼无珠，看人不准呢。”

“这可苦了你了，我苦命的孩啊。”大娘无力回天，不知说什么才好。

“要怨就怨我自己，可孩子无辜啊。妈，孩子我就托付给你了，你一定要把她们抚养成人。”

“行，行，行。你就放心吧。”大娘忍不住老泪纵横。

“如果有来生，我还做你的女儿。”二妹说完给大娘磕起了头。

大娘肠子都悔青了，当年真是瞎了眼，要是当年再坚持一下，可能就不会这样了。一步错，步步错。

二妹临走的时候，看到大娘后始终不合眼，死不瞑目。

九

平安关注着大娘的生活，即使回不来，也打电话了解情况。没想到大娘的晚年如此凄凉。

大姐不和大娘走动了，说大娘看不起她，从小她吃亏最多。后来动了官司，虽然判定大姐交抚养费，但她也没交过。

大哥带着老婆去外省伺候自己的孙男娣女了，几乎不回来。

二弟出狱后无颜见江东父老，在南方到处流浪，长年不和家里联系，不知道是死是活。有人说多年前好像看见过他，也不知是不是他。有人说：“落叶归根，还有个老妈，怎么也应该家来呀。这个熊孩子，这不是坑老嘛。”

此一时，彼一时，老天爷真会捉弄人。

经过几十年的打拼，平安成为富甲一方的企业老总，可以衣锦还乡了。

说一千，道一万，不如做件实事干一干。

平安端午节家来的时候，带着礼物拜访大娘。

大娘独身一人，行走不便，只能靠扶着助行车走动。命运真会开玩笑，望着大娘佝偻的身子，挪动的步伐，满头的白发，满脸的皱褶，平安怎么也不会把眼前的人和当年叱咤风云的大娘联系起来。

看前半生时运，大娘应该是颐养天年，享受晚年幸福生活的。世事无常，世事难料。

平安和大娘回忆起以前的往事，说到动情处，平安情不自禁，不能自已，而大娘只是抿嘴笑，看不出一点波澜。

当平安提出资助大娘去敬老院养老时，大娘连连摆手，出了声。

“我给你说老侄，你不用担心我。我现在很好，能自理，都想开了。人这一辈子遇到的事，都是在超度你。

“我给你说老侄，以前我说过的话，做过的事，早已忘了。对了，不需要谁来报答。错了，我接受任何惩罚。”

“我给你说老侄，困难就摆在面前，愁眉苦脸也好，乐乐哈哈也罢。困难它永远不会自己溜走，那为什么我们不把自己的生活过得充满快乐一点呢？老一辈不是有这么两句话吗，笑一笑，十年少。愁一愁，白了头。你有文化，看看是不是这个理。”说这些话的时候，大娘精神焕发，有如神助，仿佛回到了从前。

“所以，你的生活中永远充满了阳光。”平安附声道。

“那是当然。我给你说老侄，我现在很知足，孙子孙女，两个外甥女都很成器，都能光宗耀祖。我这辈子没什么遗憾的。”望着面前侃侃而谈的大娘，平安心里五味杂陈。

平安找到村里，把 20 万善款交到书记手里，用于全村 80 岁以上老人的赡养，以村的名义发放。不这样做，要强的大娘一分也不会要的。

当年夏季，南方普降暴雨，引起山洪暴发。大娘的心牵挂着南方，因为二弟还在南方流浪。

几天后，平安在网上看到一个熟悉的身影，是二弟，他在洪水中勇救十多名群众，被当地政府授予“见义勇为好人”，奖励十万元。

当平安把消息告诉大娘时，大娘泪流满面。

第二天上午，大娘登上了南下的列车，她要去南方寻找自己的儿子……

迷途知返

“妈妈，我改了，您就原谅我吧。”平安扑通一声跪在妈妈的坟前，痛哭起来。

一天深夜，喝了酒的平安来到妈妈的坟前，边敲打着地面，边撕心裂肺地号啕。突如其来的动静惊飞了树上的乌鸦，也惊动了小河的流水，河水也变得烦躁起来，淌得比原来更快了，仿佛一下子决口似的。平安恨不得自己钻进坟里，就像小时候一样依偎在妈妈的怀抱里。可这有什么用？斯人已逝，平安再怎么痛苦、难受，妈妈也回不来了。

“妈，都是我作的孽，我作的我受，老天要惩罚就惩罚我好了，您怎么替我受罪呢？您怎么这么想不开，非走这一步呢？您这样做让我怎么有脸见人，还让我怎么在社会上做人啊！妈——妈——”平安声嘶力竭，鼻涕四溅，泪流满面，不能自已。整整一个晚上，平安向妈妈倾诉衷肠，自责、忏悔、难受。当人们找到平安的时候，见他双手张开，趴在妈妈的坟上，睡着了。坟上有小堆的香灰和火纸灰，坟前还有深深的用脚蹬出来的小沟。

平安的妈妈死了，平安的妈妈是为平安死的。世上最疼爱平安的人死了，平安生不如死。往事历历在目，往事不堪回首。

一

万泉河沿途有名字的泉眼 72 个，一年四季，昼夜不停，一直翻滚着。无名的小泉眼更是多得数不清，像大鱼吐水，极轻快地上来一串小泡。万泉河九十九道弯，绵延十里路，穿过一座古老的小镇，自东往西，进入柴汶河，流入东平湖，再入黄河奔腾往东入海，它是当地的母亲河。

平安的爸爸平凡就出生在这座小镇里。小镇历史悠久，远近闻名，出了很多人才。

平凡长得帅，有本事，对吃有研究，凭一身好厨艺走南闯北。命运就这么巧合，在一座小城里他遇到了同乡人山花。老乡见老乡，两眼泪汪汪。打工的不易，生活的压力，让两个人走得越来越近。慢慢地就住到了一起。等山花怀孕了，平凡才跟她说了实话，平凡家里有老婆。要说和山花好上，也不能光怨平凡，这事平凡的前妻也有责任，结婚好几年就是不生育，无后为大的罪过压得平凡抬不起头了。慢慢地，平凡才有了活思想。没想到老天爷让平凡遇上山花，山花一下子就相中了平凡。平凡不光有本事，还会体贴人，山花就贴护上了。木已成舟，纸里包不住火，平凡就把山花带回了老家。山花为了孩子，不怕外人说三道四，也不怕担第三者的坏名声，硬逼着平凡离婚。山花自己过自己想要的日子，不理这些嚼舌根的事。人活着，不光是为了别人，也得为自己考虑考虑。

结婚后他俩开起了饭店，小日子过得红红火火。等孩子出生的时候，平凡对山花说，我们的生活来之不易，就叫他平安吧。人这一辈子，平安最重要，平安比什么都好。

平安的到来，让家里充满了喜气，全家人乐开了花。小日子更有奔头了，没想到却发生几段小插曲。

等到平安满月的时候，亲戚都来吃喜面。人多照顾不过来，伺候亲戚得有点不周到了。山花娘家人反馈回来的态度就是这家子人不行，架子大，不理人，没拿我们当亲戚看。有的人存心不良，添油加醋，想挑起事端。不明真相的山花心里就结下了仇扣。有一天，婆婆想给山花加强点营养，专门杀了个鸡。山花吃的时候没有找到鸡大腿，便以为婆婆偷吃了。加上以前传到山花耳朵眼里的婆婆说过平凡前妻人好的话。山花越想越气，越气越想，失去理智的山花一下子爆发了，张嘴就带着火药味，两句话不合适，两个人就吵了起来。山花指桑骂槐，婆婆一头雾水，邻居劝架时，山花还不依不饶。婆婆气个半死，脸色蜡黄，抹着眼泪一瘸一拐、一摇一晃地走了。从此婆媳两人形同陌路，谁也看不上谁，彼此对不上眼，关系越来越僵了。能说会道的平凡无论怎么解释，就是做不通工作。她们结下了梁子，关系再也缓和不了了。一边是自己的妻子，一边是自己的母亲，弄得平凡两头不是人。两头受气的日子真难啊。人们有点纳闷，看山花这个人应该行啊，怎么这么倔强，认死理，把自己的男人难为成这样。再说一个人，多少得有点判断力吧，不能听见风就是雨。外人说什么你怎么能全信呢？谁知道他们安的什么心。

饭店没人来吃饭，山花骂，嫌没生意一满家子喝西北风，嫌平凡没人缘；吃饭的人多了，客人催得紧，一时忙不过来，山花也骂，嫌累得慌。反正怎么也不合适。有朋友来了，平凡给人送个菜也不行，更别说免单了。尤其是客人结账时，山花连零头也不让，做生意这么死，哪还有什么回头客。饭店开开停停，惨淡经营着。

山花把怨气都撒在婆婆身上，认为是婆婆给她带来的晦气。过年过节平凡甭想回家，“人家团圆人家的，你给我老老实实待在家里，有种的你就走，只要你敢走，好，走了就别再回来”。逼得平凡不敢回家。大年初一平凡挨家挨户拜年时，人们都问，“都回家来过的年？”平凡只好说：“是，嗯，都回家来过的年。”“怎么没看到媳妇？”“她带着孩子先回去了。”每当说瞎话时，平凡就觉得脸红，一个大老爷们连自己的老婆都管不了，还人五人六、装模作样的，知道丢人是几个大钱吗？看着别人家里尽享天伦之乐，平凡羡慕极了。处得好不如摊得好，咱的命苦，这辈子也就这样吧。以后过年再有人问他娘俩都回来了吗，平凡也不觉得难为情了，张嘴就说没回来。话真说到这份上，人们再也不问了。

当民间借贷风行的时候，平凡也搭上了末班车。他边收边放，钱就像胡噜地上的落叶一样，来得太快了。平凡有钱了，大背头梳得油光可鉴，小皮鞋擦得锃光瓦亮，手里拿着小公文包，开着桑塔纳，到处去招摇。平凡走到哪里，人们高接远迎，一口一个老板地叫着，平凡心里舒服极了。有了业务，酒足饭饱后，平凡拉着客户去KTV唱歌，洗桑拿，一高兴就给服务员小费。借口业务忙，平凡三天两头不回家。常在河边走，哪能不湿鞋。长期处在这样的环境中，平凡抵挡不住诱惑，慢慢地，一些不该有的毛病都有了。真应了那句老话，男人有钱就变坏。一次，山花发现了猫腻，把娘家兄弟们叫来，打得平凡住了院。即便这样，尝到甜头的平凡，怎么会回心转意。狗改不了吃屎，他依然我行我素，气得娘家兄弟们和山花说："当初是你非要嫁给他的，我们都不愿意，你瞎了眼你怪谁。还把咱娘气死，再说我们得把他揍死，他才能改啊。"说完平安的舅舅们扬长而去，留下可怜的娘俩。

看着平凡几乎天天纸醉金迷，花天酒地，说什么的都有。

"天发狂，有雨；人发狂，有祸。"

"别看今日闹得欢，就怕秋日拉清单。"

"人家命大福大造化大，小子，你有这个享福的命吗？"

…………

面对着人们的议论，平凡可没闲工夫管这些。嘴长在人家脸上，人家愿意说什么说什么。今朝有酒今朝醉，明朝无酒再调兑。平凡天天晕乎乎的，身子就像飘了起来，不知道天南地北了。直到有人来要账，平凡才老实起来。

这天，平凡让人堵到了家里，来的人比较多，尽管平凡也叫了些本家人，但是他们能干什么。平凡平时不理人家，这时想起本家人来了，要知道本家人是抹不开面子才来的，指望不上的。要账的人进了家，逮住平凡就打，把平凡打急眼了，慌乱中拿起了铁锨。平凡不拿铁锨还好，一拿铁锨就让人家一棍子打趴下了。山花上前理论，疯狂的人上去揪住她的头发，撕扯起来。来人也把家什砸了，满屋一片狼藉。本家人把平安搂在怀里，这一幕深深地印在平安的脑子里，一辈子也忘不掉。

打砸完后，对方扬言再宽限十天，十天不还，这个家就是我的了，说完这伙人扬长而去。本家们赶紧把平凡两口子送进医院。可怜的平安只有握紧拳头，眼里露出愤怒的目光。

病情一好转，有头脑的本家大哥来到病房，给平凡出主意。

“你有钱还账吗？”

“没有。”

“你有什么好办法？别再让她娘俩跟着你受罪了，这日子还得过不是？”

“是。”平凡最看不起这个哥，认为他最窝囊了，没想到只有他真心帮他，打仗时只有他上前劝架，其他人都躲得远远的。患难见真心。

“哥有什么好办法，全听你的。”平凡恨不得跪下来。只要母子平安，怎么办都行。当家子哥把想法告诉平凡。

“主意还得你拿，我是看着不想让你吃亏。”

“都听你的。”

“好，别后悔，咱都是好心，以后万一出了什么事，你可别怨我，我是想帮你。这个办法，多少给他娘俩留下点东西，也是没办法的办法。”

“好，以后出了什么事，也不怨你，要怨就怨我，谁让我欠债不还呢。”说这话的时候，平凡好像抓住了一根救命稻草。

十天到了，要账的人又来了，他们只见到了一位陌生人，没见到平凡。陌生人说这个院子已经是我的了，我买过来了，说完拿出了购买合同，房产变更，白纸黑字，红章大印，后续齐全，来人目瞪口呆，吃了个哑巴亏。跑到医院，人早已不见踪影。

人是跑了，可账没跑。要账的人为了出气，蜂拥到平凡老人家里，一连骂了三天，把未出嫁的平凡妹妹逮走，关起来，一连折磨了七天，才放出来。

“你一走了之，让年老的父母和未成年的妹妹替你还债，你这千刀万剐的。”人们一想起这个事，都愤愤不平。

“没那个本事，就别惹，能惹就能撑。哪有这个样的，让老人替你受罪，你还算个人吗？这样的人，不得好死，天打五雷轰。”

“人啊，不图什么，能平平安安过日子，就不孬。”

二

平凡一家躲到外省的一座小城里。人生地不熟，生活困难可想而知。惹事的平凡不敢出门，靠山花出去打零工维持生计。倒是平安学习很好，给了两口子安慰和希望。两口子都宠着他。每当看到爸爸不是睡懒觉就是看电视，平安就很生气，不给爸爸好脸看。这天早晨，爸爸还是不起床，平安过去一把掀开被子，大声说：“再不起床，我就不去上学了。”“别，别，我起，我起。”平凡熄住火，好歹把平安糊弄走了。

妈妈打工回来，平安告爸爸的状。

“爸爸不诚实，说好了事的不改，言而无信，你管管爸爸。”

“儿呀，你要知道爸爸也不容易，他有他的难处。爸爸的事我不管，我嫁给他不是管他的，我是和他过日子的。咱们各人管好各人的事就好，你长大了就会明白的。”

平安似懂非懂，噘着嘴，攥着拳，不情愿地点了点头。

晚上睡觉时平凡也让山花管管儿子，别让儿子管他的事。

“我不管，那是你儿子，你不管谁管？”

“我这个样怎么管，我带不上头去，我没资格管他。”

“你怎么没资格管，你不就是起床起得晚一些，干活干得少一些，喝酒喝得多一些，电视看得长一些，没事，你管就是，看看孩子听你的吗？”

“你别逼我，你还不知道，我容易吗我？我也不愿意这样，你以为我心里好受吗？睁眼闭眼都是他们来打我，我怕呀。我不这样我又能怎样，你是想让我死吗？”

摊上这样的事，遇上这样的人，我一个弱女子又能怎样呢？山花忍不住一声长叹。

嫁鸡随鸡，嫁狗随狗，嫁给猴子满山走。受从一而终、好女不嫁二男观念的影响，山花从心里原谅了平凡。尽管他犯了错误，有了缺点，甚至有时还没点人样。她了解他的不易，她知道他为这个家也付出过许多，她跟着他也享过几天清福。可是犯了错就要受到惩罚，付出代价。

这样的命山花认了。为了孩子，山花跟定平凡，一辈子不离不弃，完完全全接受了他，心甘情愿地挑起了家庭的重担。

这几年山花顺着他，依着他，甚至惯着他，目的是唤醒他，让他重拾生活的信心，从哪里跌倒再从哪里爬起来。不灰心，不放弃，不服输。

在山花眼里，平凡就是个大孩子，她不能刺激他，而是要迁就他，好让他自己慢慢恢复。活着才是根本，活着才有希望。她不能倒下去，山花成了家中的顶梁柱，定海针。逆境让山花脱胎换骨，浴火重生，变得坚强起来。

宽容的山花始终想让平凡自己走出阴影来，可惜打打杀杀的回忆就像大山一样压在平凡的心上，成了他的一块心病。

经不住天天煎熬，平凡病倒了。嗓子里像有个东西，在那里卡着，肚子饿得不行，东西却咽不下去，只能喝点稀的。人本来就瘦，这一生病，瘦得更没了人样，一对眼珠子陷进坑里，两个腮帮子也塌了下去。他知道自己得的是心病，不可能好了，只是作为父亲，人生大事还没有完成，他不甘心，也不放心，他想活着。这求生的欲望，让平凡不惜花光了买房子的钱，可惜终没留住性命，带着遗憾和未了的心愿，平凡客死他乡了。

落叶归根，山花带着平安回来了。

要账的人劲头也不大了。人没了，得饶人处且饶人。再说弄得人家家破人亡，追究起来也是要坐牢的。在说事人的协调下，父债子还，双方达成协议，山花只需还一部分就行，私了了。破财免灾，能平安过日子了就好。

没房子住，山花租了个房子，母子安顿下来。

山花做了个惊人的决定，把欠所有人的账都还了。冤有头，债有主。流离失所、担惊受怕的日子实在是受够了。天无绝人之路，有些事光躲是躲不掉的。

山花砸鞋帮，干小工，做劳务，种庄稼，哪里有活儿去哪里。她心里只有一个念想，给孩子创造一个好的生存环境。平安也非常争气，尽管家庭困难，但他很懂事，刻苦学习，成绩一直名列前茅。这是让山花最高兴也是最自豪的事情。孩子才是家长的未来。孩子成功才是家长最大的成功。每当夜深人静的时候，山花加工面料，平安挑灯夜读，充实着，快乐着，幸福着。

生活，只有生活，能改变一个人，一个哪怕是非常固执的人。

高二时，有次考试平安考得不好，晚上他做了个噩梦。

要账的又来了，急得平凡在屋里不知怎么办才好。“爸爸，快跑！”平安大声喊，话音未落，只见爸爸一个箭步冲出院内，一下子翻墙而过。爸爸真有本事。

然后爸爸又带回来平安爱吃的好东西，让平安亲亲他，然后把平安抱起来，举过头顶，转了一圈又一圈。每当这个时候，平安就觉得自己是世界上最幸福的人。

爸爸又抚摸着平安的头，轻声叮咛：“别害怕，有我在，一定要坚持下去，走正道。不要像我，变坏了，东躲西藏，过平平安安的日子该有多好。”

“爸爸，别走！爸爸，别走……”

在一遍遍的叫声中，平安醒了，身上全是虚汗，胸膛一起一伏，喘着粗气。爸爸，你就放心吧，我已经是男子汉了，我一定为你争气。

班主任给山花打了电话，让她去学校一趟。放下电话，山花紧张起来，一路上山花胡思乱想，唯恐平安出了什么事。到了学校，班主任告诉山花，平安谈起了恋爱，导致成绩下滑。

“怪不得要钱多了，爱打扮了，这怎么能行，老师你一定要制止他，这会耽误学习的。”

“就是因为这个才把你约来，我们一起想办法好吗？不然，平安这辈子就会毁了。”

“老师，你一定要帮帮我。”山花哀求道。

回去的路上，山花觉得天要塌了，这怎么能行呢？一定要阻止他。

星期天，过大周末，平安回家了。吃饭的时候，山花跟他念叨着：“儿呀，一定要学好，别走歪路。时间就像种庄稼，一茬接着一茬，过了这一茬就是下一茬，不再回来了。一定不要浪费时间，否则一辈子后悔。你妈没文化，这辈子全指望你了，你就是妈的命根子，妈要你好好的，其他的事不要想，只想学习啊。”

平安心中有鬼，心虚了，胡乱应声道：“妈，你别管了，我知道了，绝不会给你丢脸的。”山花看着平安，欲言又止。

寒假统考，平安成绩下降得太快了。放假一回家，山花想说说平安，还没说，平安破罐子破摔，先声夺人。

“妈，我早就知道，你知道我谈恋爱了，我没办法，我这辈子，还没遇到过这么贴心的人，她对我太好了，没你行，没她不行。离开她，我一霎也不行。”

说完，平安就想往外走。山花一把拉住他，没想到平安一下子挣脱开，跑了。身后留下目瞪口呆的山花。

一连几天，平安没回家。急得山花到处找也没找到，没平安，年还怎么过。虽说儿大不由娘，但当娘的还是不放心啊。找不到平安，山花也不想活了。找平安成了山花的正事。

平凡的本家大哥也过来帮忙找，山花看见他，气不打一处来。

“你说说当年你给出的什么馊主意，让我们家破人亡。要是找不到平安，我和你没完。”

俗话说得好，打人莫打脸，揭人莫揭短。山花的话，无疑戳到了本家大哥的痛处，噎得他半天说不出话来，许久，他才反驳道：

“话可不能这样讲，当初我就把丑话说到头里了，也是征求你和平凡意见的，你俩不同意，事也办不成。再说我没有三头六臂，先知先觉，我也是为你们好。我要是知道这样，打死我也不会这样做的。现在后悔也晚了，早知今日，何必当初，后来的事谁也左右不了，实在是没办法。你不能事后诸葛亮，更不能把人家的好心当成驴肝肺。我是好心办坏事，里外不是人。我走了，你自己慢慢找吧。”

“哎，他大爷，你别走，我没别的意思，我就是心里烦，说说而已。都怪我这嘴不会说话，你大人不计小人过，可不能生气啊。”

“我是谁，我可不敢生气，我还有事，走了。”说完，本家大哥头也不回地走了。

山花天天出门找平安。

这天，在一个路口，一辆货车开了过来。山花走神，反应慢，被撞到了。好心的司机把山花送进了医院，想方设法联系到了家人。家人告诉了老师同学，知道底细的一名同学又告诉了平安。平安跑进医院，扑到妈妈身上，放声痛哭。

“妈，别吓唬我，只要你好好的，我一定改。”

妈妈拉住平安的手，断断续续地说：“恋爱是毒草，会害人的。”说完，眼里流出了眼泪。

平安把课本带到病房，伺候起了妈妈。打水买饭、刷牙洗脸、打针吃药，他忙完就看书，同病房的人都夸平安，羡慕山花有个好儿子。

有一天，打完吊针后就接近夜里12点了，平安实在太困了，趴在床沿上就睡着了。

“你还小，没有正确的判断，不要图一时之乐，偷吃禁果。要拒绝诱惑，把持好自己，走错一步，会失去更重要的东西。这是我血的教训，千万不要学我。那样做，没任何好处，只会使自己受到伤害。你的任务是专心学习，否则会后悔一辈子。”平凡又托梦给平安了。

平安痛改前非，埋头苦学，终于以优异的成绩考进了名牌大学，让人刮目相看。

世上还是好人多。平凡放出去的账，也陆陆续续地收了一些。所有的账都还清了。山花也老了许多，人们都高看她几眼。有的人，遇到事一蹶不振；有的人，遇到事，绝地重生。这十几年来，山花吃的苦受的累，只有她自己清楚。山花用行动赢得了人们的尊重。

一个人的一生，似乎是在受命运主宰。其实不然，有时候，一个人的命运就掌握在自己的手中。

三

平安是山花的依靠。为了供他上学，山花受尽磨难。有人劝她再嫁，山花说什么也不愿意，就是为了把所有的爱给平安。

日子就像村外的小河，天天在磕磕绊绊中流淌。

平安也很长志气，本科毕业又考上硕博连读，前途一片光明。

过年回家，眼看着平安过了二十六，山花一个劲地催平安。

“有合适的别忘了找一个，趁着我还有力气，能帮着带带孩子。”

平安跟山花开玩笑：“妈，你怎么忘记了，你不是说恋爱是毒草嘛，会害人的。你忘记了，我可是记住了。”

山花扬起手要打他，平安连忙闪开，爽朗地笑了。

“妈妈，你放心吧，晚不了，到时一定给你个惊喜。”

“你要快点，结婚学习两不误。比你小的，都两个小孩了，我什么时候也能抱上个大孙子？”“快了，快了，妈妈你要健健康康的，到时候有你累的。你就瞔好吧。”

“说好了，我是愿意受累，越快越好。”山花忙不迭地答应。

转眼博士毕业，平安留校任教了，和他的研究生同学结婚了。女友家里开工厂，有钱，又是独生女，由于看中了平安的才华，结婚买房的钱全是女方提供的。事实上他俩已经谈了 6 年了，女方各方面都不错，唯一就是比平安大三岁。山花说：“大三岁好，女大三，抱金砖，好日子来喽。”

结婚后小两口第一次回老家过年，平安自豪地带着媳妇给一家一户拜年。高学历、高文凭、高水平的夫妇在村里还是头一对呢。衣锦还乡，光宗耀祖，无限荣光，大伙都带着钦佩的目光，热烈欢迎他们。叙家长里短，拉农村风俗，品乡下年味，平安第一次觉得老家的水那么清，天那么蓝，人那么亲。

小两口这次家来，成了村里有学生家庭的励志目标。

以前光听说，没见真人，现在看得见，摸得着，这就是身边的榜样，平安给指了一条道路，带了个好头。“只要好好学习，将来就上平安所在的大学，就找平安这样的媳妇，女方负责买楼，娃娃们，都听见了吗？记住了吗？”平安拜年走了以后，家家都这样教育着孩子。

回到家里，山花早已做好了丰盛的饭菜。不让儿媳妇干这干那，疼儿媳妇呗。反正把特别的爱给特别的人了。吃完饭，山花戴着老花镜，缝制小孩子的衣裳，边做边说着穿百家衣吃百家饭的由来。儿媳妇蹲下来，两手扶着婆婆的膝盖，激动地说：“妈，你知道的怎么这么多，你太伟大了。”儿媳妇态度虔诚，言语中充满真情。山花慈祥地看着儿媳妇，越看越喜欢。

儿媳妇完全体会到了婆婆的那份爱、那份情。山花汲取自己婆婆的不足，恨不得把自己的心掏出来，好好待这个儿媳妇。不让她受一点罪，吃半点苦。“咱平安何德何能，让人家大家闺秀跟了咱，买车买房，是我们的恩人，这个情好几辈子还不完，没理由不好好待人家。”

有这样的心态，山花觉得儿媳妇什么都是好的。

回城的路上，山花送了一程又一程，儿媳妇说：“妈，回去吧，放了暑假我再来。”“好，一定来呀。”山花挥挥手，不想说再见。

一年后，儿媳妇生了个大胖小子，山花有了大孙子，高兴得手舞足蹈。“我们有后了，对得起列祖列宗了。”山花拿起喜糖喜烟，整个村子跑了个遍。

用微信视频聊天，也解不了山花的渴。看不够啊。山花决定去看看宝贝孙子。

坐高铁，山花还嫌慢，恨不得一步就到。

一进门，山花嚷嚷着快让我看看孙子。平安领着她到了卧室，山花快步走向前。可能听到了动静，襁褓中的婴儿头转向山花，笑了。高兴得山花赶紧拿出银手镯，长命锁，掏出 6000 元的见面钱。“妈，不用，你留着花就行。”“不行，这都是有讲究的，第一次见面一定要表示的，一是心意二是祝福呢。”

为了照顾孩子，亲家给聘了个专职保姆，山花也帮不上什么忙。待了十几天，住在高楼里，天天不出门，客气话说完，再也没有共同的话题。实在没有用武之地，山花便想起家里的鸡狗鹅鸭，地里的庄稼，还有那一伙老友，那片玩耍的天地。这里各方面把大人孩子照顾得挺好，没什么不放心的，山花想回家了。

说走咱就走。

到家后，放下行囊，山花就出去，向老姐妹们介绍来回路上的风景，见闻，还有平安住在高楼上宽敞明亮的家，那个自豪、那个高兴之情不自觉地流淌出来。

平安事业有成，儿媳稳重大方。各方面顺心如意，山花不由得乐开了花。“祖坟上冒青烟，这是我八辈子烧高香修来的福，就知足吧。”

过了三年，山花又添了个孙子。山花更是高兴得合不拢嘴。逢人便说世道好，好人有好报，更要好好活，我要长命百岁。

如果照这样下去，生活会多美好。然而生活就像调皮的孩子，永远不会按照一个指令走到底，而随时都有可能拐弯，做出自己无法掌控的事情，出现另一种意想不到的结局。

这天，山花刚洗完脚，准备休息，儿媳妇打来电话。

“妈，平安好几天都没回家了，他变心了，外面有个相好的，你说我该怎么办？”儿媳妇哭了起来。

“什么，这个浑蛋王八羔子，拾他老的文书了，你别急，有我呢，他翻不了天。”

第二天一早，山花就去了城里，费尽周折找到平安，一见面就骂上了。

“你这个没良心的人，放着好日子不过，你这是找死啊！你甭闹腾，早晚有你的好果子吃。”说完就哭了起来，哭完又接着骂起来。气不打一处来。

“你说，咱娘俩这辈子容易吗？你忘了吃的苦受的罪？人家对咱这么好，光为了小孩你也不能做伤天害理的事。你甭不听，人在做，天在看，坏人坏己，没有好下场。”

“妈，我们感情不和，实在没法过下去了。”平安终于插上嘴了。

“什么，感情不和，当初怎么不感情不和？你这是翅膀硬了，感情能当饭吃？人要讲良心，不能把事做绝了。这一步千万不能走啊，否则天打五雷轰，你爹就是活生生的例子，别再执迷不悟了，现在回头还来得及。刚过上好日子，你就别烧包了，你不讲道理，六亲不认，做出伤风败俗的事来，你让我老脸往哪搁，我怎么有脸活啊！”

平安还是不听劝阻，没做任何表态。

人就是一种奇怪的动物，很多时候明知什么事情该做，却不去做；明知什么事情不该做，却搜肠刮肚，找出种种根本站不住脚的理由开脱自己，偷偷去做。

“作孽啊，我这辈子让你爷俩可害苦啦。你甭不听，有你后悔的那一天。”

回到儿媳妇的家，看着活蹦乱跳的孙子，山花心如刀绞。吃完饭，山花走进儿媳妇的房间，安慰起她来。山花太了解儿子的软肋了，知道他那把本事有多大。

“放心吧，我不会看着平安走歪路的，我一定把他带回你的身边。千错万错都是我的错，你原谅他好吗？”

“妈！”儿媳妇扑到山花的怀里。这一充满委屈、求助、酸楚的叫声，让山花眼里有了泪花。山花拍打着儿媳妇的肩膀，轻轻地说：“有我在，咱不怕。”

这天，山花吃了早饭，又准备去找平安。天阴森森的，还刮着大风，大孙子拽着山花的衣角不让走，儿媳妇也说：“妈，今天天气不好，你就别去了。”“不行，一天也不间断，我就不信，他的心是石头做的。”说完，山花坚定地走了。

一路上，山花脑子想的全是嫁给平凡以来那一幕幕场景，想着想着，辛酸的泪不自觉地淌了下来。

突然，一辆电动车急驶而来，山花躲闪不及，一下子被撞出去了，后脑勺重重地落在路边的沿石上，鲜血直流。车主和好心人立即把山花送进了医院。

当平安知道妈妈出车祸的时候，是两天后了。那还是民警费好大的周折才联系上的。平安飞奔而来，在重症监护室门口，无语凝噎，泪哗哗地淌。

妈，你要坚持下来，你要活着，活着。只要你活着，你让我怎么做都行，我都听你的。

没醒。

没醒。

没醒。

…………

平安喊天天不应，叫地地不灵。老天爷，有事你惩罚我好了，只要让妈好起来。

抢救了整整49天，山花始终没有醒来。当医生告知平安结果的时候，平安一下子瘫在地上，晕了过去。这49天的煎熬，平安早已不成什么样子了。

色字头上一把刀，石榴裙下命难逃。

没有的总想有，得到的还盼望。盼来盼去谁愿盼个透心凉。

女人不是水，男人不是缸。

命运不是辘轳，要把那井绳缠在自己身上。

世上最深沉的爱莫过于母爱，埋葬母亲后，痛不欲生的平安迷途知返，回归了家庭。

继　父

“快去看看，小斌他爸没了，出殡呢。”

“啊？可了不得了，年纪轻轻的怎么就……”

“什么病？”

“车祸。”

“唉！小斌才上小学，这孤儿寡母的以后可怎么过呀？”

村里人边议论边向小斌家走去……

“倒插门”

小斌爸去世一年后的一天，小斌放学回家，看到家里来了一位陌生的中年男人。这个男人个子不高，皮肤黝黑，身材粗壮，斜站在那里，笑眯眯的，一副和蔼可亲的样子。

莫非是妈妈告诉我的那个人？小斌边端详边思量。

前几天，妈妈说要给他找个倒插门的继父，这个人单身，从没结过婚，家住离他们村很远的一个村子。妈妈还说，这样的人会一心一意对他娘俩好的。

“小斌，这是你鲁叔，快叫叔。”妈妈满含期待地望着他。

“小斌放学了。”中年男人迎了出来。

这一迎不要紧，原来他是个瘸子，走路一瘸一拐，好丑。

小斌惊呆了，那天妈妈没告诉他这个要当他继父的人是个瘸子。小斌没应声，径直跑进了里屋。

“真是不好意思。”妈妈有点内疚。

“没事，时间长了就好了。”那个人说得倒是轻松。

开饭了，无论妈妈怎么叫，小斌也不去吃饭。妈妈催急了，他竟趴在床上呜呜地哭了起来，边哭边说：“我要爸爸，我要爸爸……”

妈妈也哭了，看到哭成一团的娘俩，那个男人默默地走了。

从那以后，妈妈再也没提鲁叔的事，鲁叔也再没出现在小斌家里。

在一个收秋的傍晚，小斌再次见到了鲁叔。鲁叔开着拖拉机“突突”地向小斌家驶来，车斗里玉米堆得跟小山似的，妈妈坐在“山尖”上……

小斌看到这情形，啥都明白了，扭头向家跑去。

“小斌啊，你别闹了，你妈不容易啊，她太累了，拉扯你长大，还要供你上学，需要一个帮手。”

正在小斌家帮忙收玉米的姥姥，看到情绪不对的小斌，跟他走到屋里，擦眼抹泪地做起了他的思想工作。

“姥姥，这我都知道。可这个鲁叔又老又丑，还是个瘸子，他怎么能当我爸呢？我爸爸多帅。”小斌憋屈得直想哭。

“你爸再帅不是没了吗？你这个叔叔心眼好，有力气，会开车，不嫌弃我们就不错了。要不是他长年生病的父母拖累了他，他也不至于到现在还没成家。”姥姥对小斌说。

“你爸没了，顶梁柱塌了，你妈身单力薄的，撑不起来啊！”姥姥说完又抹了一把眼泪。

听了姥姥的话，小斌脑子里闪出几个画面。

那是一个傍晚，妈妈从镇上买了好多袋化肥，人家给卸在大门口就走了，往家里搬运就是自己的事。一袋化肥一百多斤，妈妈身单力薄，怎么也搬不动，更不用说要运到家里。妈妈使出全身力气，像蚂蚁啃骨头般把化肥一袋一袋吃力地向家拽。妈妈挥汗如雨，衣服都湿透了，运到家里的化肥也寥寥无几。正在这时，小斌放学回来，放下书包就和妈妈抬化肥袋子。小斌才 8 岁，个子不高，也没有力气，娘俩怎么也抬不动。妈妈哭了，小斌也哭了……

还有那天，妈妈推了一小推车刚掰的玉米，经过村外的一条小河时，不小心连人带车掉到桥下，跌进了河里，幸亏路过的村民把她救了上来。那天夜里妈妈哭了好久好久……

爸爸在的时候，重活儿、累活儿都是爸爸干，妈妈只是干些家务活儿、轻活儿。可现在，家里所有活儿都是妈妈一人干。

不能任性了。小斌脑子转了过来。

于是，他拿了条毛巾，跑到已在大门口的鲁叔面前说："鲁叔，擦擦汗休息一下吧。"

鲁叔听到小斌的话，惊得目瞪口呆，接过来的毛巾也掉到了地上。妈妈高兴地偷偷抹了好几把眼泪。

救人

那天，临近放学，狂风大作，电闪雷鸣，天气突变，眼看暴雨就要来临。

"我去接小斌。"鲁叔带着雨具，推出电动车。

"他从不让你接的，我去吧。"妈妈脱口说道，妈妈太了解小斌了。

"我去，这种天你去我不放心。"鲁叔说完骑上车，一股烟似的跑了。

"唉，也不知道他让不让你接。"望着绝尘而去的背影，妈妈有点担心，也盼着小斌回心转意，别再倔强了。

小斌虽然接纳鲁叔住进他家，可是和鲁叔之间还有隔阂，从不让鲁叔接送他上下学。小斌的学校离家不远，平时都是他自己步行上下学，天气不好时妈妈会骑着电动车接送他。自从鲁叔进门后，鲁叔试探着想接送小斌，可小斌说什么也不肯，在公共场合他从没和继父一起亮相过。这次不一样，天气不好，鲁叔想借此机会改善一下他们的关系。

鲁叔很快到了校门口，看到已有些学生出来了，他生怕错过小斌，焦急地四处张望。这时，天阴得更厉害了，大雨马上来了。

几个学生从校园里跑出来，就是隔着大门鲁叔也能认得出，那个子不高的瘦弱男孩是小斌。

“小斌，小斌，我来接你了，这里，来这里！”鲁叔边喊边向小斌快步走去。

“小斌，你看，那个人喊你呢。”一个同学说。

小斌顺着同学指的方向一看，一个人正一瘸一拐地快步向他奔来。还没等小斌说话，几个同学就咋呼开了。

“小斌，那个瘸子是谁？”

“可能是他继父，他继父是个瘸子。”

“真的吗？小斌。”

“是真的吗？”

这时，鲁叔已来到小斌的跟前，张开雨衣要给小斌披上。

“谁让你来的？”小斌不知道哪来的怒火，一把夺过雨衣掷在地上，跑了。鲁叔愣了一下，赶紧去追，边追边喊：“小斌，别跑，要下雨了，淋着会生病的。”

任凭鲁叔怎么呼喊，小斌也不停下。鲁叔腿不好，哪能追得上。一转眼小斌就消失在大雨里。雨越下越大，鲁叔的车被雨淋得启动不了，鲁叔只能推着在雨里前行，边走边观望路上有没有小斌。

鲁叔终于到家了，顾不得自己被淋成落汤鸡，进门就喊小斌。

“小斌没回来啊！”妈妈一听急坏了，脱口道。

“怎么会没回来呢？他先回的。”鲁叔更着急了。

鲁叔和妈妈举着探灯，沿着小斌回家必经的路往回找，边走边喊，边喊边走，哪顾得上风雨雷电。跌倒了爬起来，再跌倒再爬起来。腿跌破了，胳膊跌破了也不觉得，就这样一直找到学校，没有。两人更担心了，赶紧沿路向家的方向找去，他们互相搀扶着继续喊，继续找……

“我们沿着小路找一下吧。”鲁叔突然想起了什么。

小斌知道鲁叔骑车走大路，他为了躲鲁叔，可能走平时少有人走的小路。

这条废弃的小路坑坑洼洼不说，必经的一条小河上没有桥，只有间隔的几块石头，人们平时就借这几块石头跳来跳去地过河。小河属于季节河，平时水不多，今天的雨这么大，肯定发水了。

鲁叔突然意识到这一点，拼命地朝小河跑去。

他俩赶到小河边，漆黑一片。鲁叔打着探灯，沿河仔细地找着。突然，鲁叔看到河里石头那边好像有红色的校服。鲁叔把探灯递给小斌妈妈，他迅速向河里蹚去，几次浪头把他冲得东倒西歪，他克服困难，利用巧劲终于接近了目标——红色校服。果然是小斌，鲁叔用尽全力把他拽了出来，把他背上了岸。鲁叔的脚被水中的石头划了一个大口子，流了好多血。

事后得知，原来小斌借着石头过河时，一脚踏空，被卡在两块石头的缝隙中动弹不得，幸亏头朝上，水未淹没头。

这件事后，小斌改口叫鲁叔爸。

倾囊相助

从小斌叫鲁叔爸后，这个家庭融洽了好多。鲁叔和妈妈辛勤劳作，小斌勤奋好学。正当一家人向幸福生活迈进的时候，又一次不幸降临到这家人头上。

小斌的妈妈得了乳腺癌。

那天，小斌放学回家，一看家里挤满了人，他就有一种不祥的预感。

“妈妈，你怎么哭了，出了什么事？”他焦急地问正在哭泣的妈妈。

妈妈不回答，哭得更厉害了。

奶奶搂住小斌也哭了起来：“我苦命的孙子，我们可怎么办啊？”鲁叔告诉了小斌妈妈的病情。

“小斌，你放心，我就是砸锅卖铁也要把你妈的病治好，医生说了，是中期，手术后痊愈的可能性很大。”鲁叔说。

小斌感动地抱住了鲁叔，哭了起来。

筹钱是艰难的。

小斌的爸爸出了车祸，肇事摩托车车主一穷二白，拿不出赔偿款，给爸爸治伤是小斌自己家出的钱。爸爸终因伤势太重去世，家里不仅积蓄花光了，还欠了债。这些鲁叔是知道的，他只能自己想办法。

一天天过去了，妈妈还没能住上院，天天以泪洗面。

鲁叔没筹到钱，愁得一会儿蹲在地上抽烟，一会儿又骑车出去，也不说去了哪里。待半天回来了，他又蹲在地上抽烟。

终于有一天，鲁叔兴高采烈地从外面回来，进门就喊：“小斌他妈，钱筹够了，6 万块，一分不少。”

小斌妈妈问鲁叔钱是怎么筹到的，他就是不说，只是安慰小斌妈妈：“我们有钱治病了，你不用担心，病一定会治好的。”妈妈终于露出了感激、苦涩的笑容。

手术很成功，鲁叔跑前跑后，无微不至地照顾妈妈。妈妈的身体恢复得很快，不久就出院了。

在妈妈的再三追问下，鲁叔终于说出了筹钱的实情。

2 万块是鲁叔的积蓄，是他还完父母生病时欠下的债后自己攒的；4 万块是他卖了他以前的房子——父母留下来的、他以前居住的家。

小斌明白了，筹钱的那几天，怪不得鲁叔出去回来地折返好几趟，而且老是在抽烟，鲁叔平时是不抽烟的，可见他做出卖房的决定有多难，为了给妈妈治病他把后路都断了。

“小斌，鲁叔的全部家当都贴给我们了，以后我们的家就是鲁叔的家。”小斌妈妈看着小斌，含着热泪说道。

懂事的小斌知道，鲁叔的拖拉机早就开来了，他唯一的房子也卖了。

“妈，你放心，我会好好待鲁叔的。”小斌也被感动了，不停地点头表决心。

“我们是一家人嘛，一家人不说两家话，我还要努力挣钱给小斌娶媳妇呢！”

鲁叔憨厚地笑了起来。妈妈和小斌也笑了，这久违的笑声在温馨的小院里飘荡起来……

担当

时间过得真快，一转眼妈妈手术过后好多年了，小斌也上了高中。一家人的生活刚刚有了起色，可是，造化弄人，妈妈的病复发了。

这个消息犹如晴天霹雳，鲁叔的头发几天的工夫就白了。鲁叔依然没有放弃妈妈，他求亲戚、求朋友，筹集了一部分钱，让妈妈住院。他一直在医院照顾妈妈，还想方设法逗妈妈开心，变着花样给妈妈做好吃的，增加营养。可是，病魔无情，半年后，妈妈还是走了。

料理完妈妈的后事，鲁叔搂着因伤心过度而呆若木鸡的小斌说：“小斌，你愿意永远把我当爸爸吗？”

“你愿意永远当我爸爸吗？”小斌哭着说。

“我愿意。”

“我愿意。”两个同病相怜的人异口同声地回答。

鲁叔比以前更勤奋了，总是天不亮就下地干活，除了种庄稼，还在村子里开拖拉机给人家拉货挣钱，他要供小斌上学。家里养了猪、羊，能卖钱还能产肥料，一举两得；养了鸡，给小斌加营养；养了狗，看家护院。小斌在，希望就在。小斌就是鲁叔的全部。一切为了小斌，为了小斌的一切。

自从妈妈去世后，给小斌送饭的事就是鲁叔的了。学校规定，住校生四周才能回家一次。学校平时伙食差，每逢周末，鲁叔就给小斌做好吃的，跑五六十里路，给小斌送饭，顺便爷俩交流交流，说说各自的情况。

“爸，我得奖了，这次数学竞赛我是市里第三名。”小斌兴奋地告诉鲁叔。

“俺小斌真厉害，是好样的。”鲁叔竖起了大拇指，给了小斌一个大大的拥抱。鲁叔告诉小斌，家里的事让他放心，庄稼长势良好，拉货也挣了不少钱，除去供他上学的费用，他妈生病欠下的钱也还得差不多了。

“小斌，你好好读书，别的事你什么也不用管，有爸呢。”

“爸，我会的，就是您太劳累了。”爷俩说到这里都有点激动，眼里都闪出了泪花。

过年了，鲁叔把小斌的奖状贴在堂屋最显眼的地方。

“俺小斌又挣了一张。”他边贴边说，满心欢喜溢于言表。正在打扫卫生的小斌对爸抿嘴笑笑，也不说话，但心里美滋滋的。

“哎哟，小斌又得奖状了，真了不起，都贴一大排了，你爸的心血没白费啊。”邻居大叔来串门不停地夸奖着。

“没啥，没啥，是俺小斌认学。”鲁叔眉开眼笑地絮叨着。

又是一个送饭日。学校规定学生要到校门口取饭，家长送饭不得进入校内。小斌吃了四个星期的食堂，早就盼着鲁叔来给他送好吃的。他早早地来到取饭地点，左等右等不见鲁叔人影，正纳闷呢。

“小斌，我来城里办事，你爸让我给你把饭捎来。”匆匆赶来的邻家大哥对小斌说。

“我爸呢？他怎么没来？”小斌有点急。

“你爸，你爸不让说。”邻家大哥欲言又止。

“大哥，你快告诉我，我爸他到底怎么了？”小斌更急了。

“好，我告诉你吧。”大哥娓娓道来。

原来鲁叔摔伤了。鲁叔扛着粮袋上台阶去平房顶上晒粮食。他本来腿脚不好，粮袋又重，快上到台阶顶了，一步没迈稳，连人带粮袋从台阶上滚了下来，脸、头都跌破了，更重要的是一只胳膊骨折了。村里人送他去了医院，保守治疗，打了石膏板就回家了。当时，医生说动手术好，可是他不同意，说他体格棒，能长好，不花那冤枉钱。其实大家都知道，他是怕花钱，他要留着钱供小斌上学。

“小斌，等你发达了，可别忘了你爸，他可真不易，这不，给你炖的鸡，他在家啃咸菜呢，幸亏跌的是左胳膊，还能给你炖鸡汤……”邻家大哥说完上车走了。

小斌呆在那里，半天没回过神来，眼泪默默地流下来，他想象不出鲁叔跛着脚再挎着只折胳膊，怎么做饭？怎么做家务？更不要说去下地……

接下来的几天，小斌无心吃饭，上课总开小差，晚上睡不踏实，脑海里总是出现鲁叔跛脚折胳膊的样子。有一天夜里他做了个梦，梦里所有的人都指责他："你爸都那样了，你还上什么学？"醒来小斌做了一个惊人的决定——辍学回家干活儿。

小斌到家的时候，最后一抹夕阳斜射在鲁叔脸上，刺得鲁叔有点睁不开眼。当他看清拿着行李的小斌时，非常吃惊。

"小斌，这？"

"爸，我都听说了，你太苦了，我不上学了，我要帮你干活儿。"

"不行，赶快回去上学，谁让你回来的？赶快回学校。"

"不，我要帮你，妈妈生病时把你的钱都花光了，还欠了债，你还把房子卖了，你连家都卖了。你骨折也不动手术，就是为了攒钱让我上学，我不上了，我要你去动手术，呜呜呜……"

"我们不是说好了，这里就是我的家，我不动手术也能好，没事的。"爷俩争执起来。

"你成绩这么好，不上了可惜呀！"谁也说服不了谁的时候，鲁叔的这句话触动了小斌，让小斌猛醒。是啊，现在不上了，所有的理想都成了空谈，也枉费了所有的成绩、心血和汗水。不能向命运屈服，一定要给自己一个交代。

"好，那我再回去上吧。"

鲁叔听小斌这么说，高兴得眼泪都出来了。"这就好，这就好，我就放心了。"

鲁叔再次去学校见到小斌是在两个多月后，这期间送饭都是让别人捎去的，小斌也没有回家，说是学习忙。这次是鲁叔的胳膊恢复得差不多了，没有告诉小斌，想给他个惊喜。

隔着栅栏鲁叔也能认出远处的小斌，只见小斌在操场上疯跑，和几个同学在追逐打闹。鲁叔喊了半天，小斌终于看见了鲁叔。

"爸，你怎么来了？胳膊好了吗？"

“好了，我来看看你。”

…………

回去的路上，鲁叔在思量：感觉小斌变了，说话淡淡的，没有了激情，怎么回事呢？

第二个星期，鲁叔又来了。小斌依旧没有激情，并且说话眼神游离，好像有什么事瞒着鲁叔。

“小斌爸，我是小斌的班主任，我等你好久了。”小斌刚离开，班主任老师来到鲁叔面前。

原来，小斌的成绩下降了好多。从鲁叔骨折他想辍学开始，就学习不认真，贪玩，和调皮孩子交朋友，像是完全变了一个人。

鲁叔也不知道什么原因，只是着急，他知道落下课的严重性，小斌马上就升高三了，出现这种情况，简直要命。他千恳求万嘱托，拜托班主任老师多费心，不要放弃小斌，一定要让他转变过来。

又到了送饭的日子，虽然天气恶劣，但鲁叔是一定要去的。

一路上狂风大作，暴雨倾盆。鲁叔顶风冒雨，艰难前行，终于来到了学校。小斌没在学校门口。

当鲁叔央求保安让他进入学校，出现在小斌教室的时候，正在和同学追逐打闹的小斌惊得目瞪口呆。

那是怎样的一个人？浑身上下都是湿的，没有一丁点儿干的地方，是名副其实的“落汤鸡”。鲁叔一手提饭盒，一手提塑料袋，在那里一站，地上竟积了一摊水。

“爸……”

“小斌、小斌……”

鲁叔转身离去，出了门，停下，双手抹了一下脸上的水，仰天长叹了一声，蹒跚着消失在雨雾茫茫的世界里。

望着鲁叔远去的背影，小斌忽然扑通一声跪倒在地，高喊：

“爸，我错了，我是故意不好好学习的，我以为我成绩差了你就允许我辍学帮您干活儿。爸，我知道了，从今天开始，我会努力的，我一定考上大学，我一定要报答您，老天作证！”说着怦怦怦对着鲁叔的背影磕了三个响头。

喜悦

“二婶，去小斌家喝喜酒吗？”

“是啊，小斌考上名牌大学啦！我们去沾沾喜气。”左邻右舍前来祝贺。

只见小斌家喜气洋洋，一派繁忙景象。有炒菜的，有端菜的，有聊天的……再看小斌和鲁叔，喜上眉梢，一边招呼客人落座，一边冲茶倒水、递烟递糖。为了小斌的升学宴，鲁叔特意杀了一只羊。席间，大家向鲁叔道喜，说鲁叔好福气，夸小斌聪明、有出息。要知道，小斌是这个小村子里第一个考上名牌大学的大学生，可给鲁叔长脸了，鲁叔别提有多高兴了。

大学四年，小斌为了减轻鲁叔的负担，拼命学习，回回成绩优秀，年年拿奖学金，又加上生活节俭，基本不花家里的钱，并且成功保研。鲁叔感到特别欣慰，逢人就说他养了个好儿子。

小斌研究生毕业，直接去了省城的一家大公司，拿年薪，收入很可观。他德才兼备，很快被大老板看上，成了大老板的女婿。

小斌的婚礼是在省城举办的，鲁叔缺席。小斌哭肿了眼皮，鲁叔也死活不去。他说，他形象不好，怕丢了小斌的脸；说人家是大老板，他不能和人家站在一起。为这件事，爷俩差点闹翻。虽然小斌的婚礼鲁叔没参加，可他无比自豪，心里比吃了蜜还甜。

变化

小斌结完婚，公司事多，还经常出差进行业务培训。一眨眼的工夫，小斌大半年没回去看鲁叔了。

那天，小斌利用出差时间绕了一下路，回到了阔别已久的家。

“爸，你怎么光吃咸菜就馒头？我们现在条件好了，你不用这么节俭。”

“我吃菜了，就这顿没吃。”

“我还不知道你？你要吃点好的。”小斌说着掏出5000元给鲁叔。

“我有钱，我不要你的钱，你在大城市花钱的地方多的是。”鲁叔推辞。

小斌还是老办法，把钱给鲁叔藏起来，等出了门再打电话告诉他钱放在了什么地方。

这次回来爷俩聊了很多，鲁叔问的也多：“岳父一家对你好吗？媳妇对你好吗？什么时候要孩子……”

小斌说：“都对我好，要孩子的事以后再说，都忙。”

鲁叔意识到要孩子的事很渺茫也很模糊，心里咯噔一下：结婚大半年了，怎么不要孩子呢？真是奇事。

临近过年，小斌忙得焦头烂额，忽然接到鲁叔的电话：“忙就不要回来过年了，给我打些钱我自己过就好。”

过年正好排上值班，小斌正愁找不出不回家过年的理由，他不回去，媳妇也没法回去，鲁叔的电话正中小斌下怀。

小斌说：“好，我给你打钱，你可别太省了，自己一个人也要好好过年。”

有了这次开口向小斌要钱的事，鲁叔就一发不可收拾了。过一段时间就以各种理由给小斌打电话，不是“我要买化肥”就是“我要买酒喝”或是“我要买辆三轮车”……

小斌特纳闷：爸从没这样过。

再后来小斌都有点惧怕鲁叔的电话了。这不，又打来了，这次着实把小斌吓着了。

“你给我打钱吧，我要盖楼。”

“盖什么楼？”

“翻盖老宅，老宅破了，没法住了，我要拆了老宅盖成楼房。”

“爸，老宅现在还能住，以后我就把你接来同我们一起住，如果你愿意，现在来也可以，我们不费那个事也不花那个钱了，好吗？”

“我不去城里，就在老家，要住楼。”电话里说服不了鲁叔，小斌专程回了趟家。

“爸，说好我给你养老的，我们去城里吧，翻盖老宅不是件容易事，这一拆一建挺麻烦的，不是钱不钱的事，我又不在家，你年龄也大了，咱不操这心，主要是我们以后不在老家生活。”小斌苦口婆心。

“几年前，为了给你妈治病，我把老家底都卖了，现在你不给我盖楼？”鲁叔决绝地说。

话都说到这份上了，小斌只好让步。爷俩商量，小斌出钱，鲁叔出力。

小斌出资十几万元，鲁叔把建楼工程外包，历时半年之久，终于把两层小楼建好了。

搬新家那天，鲁叔别提多高兴了，虽然搬进去的还是原来的旧家具，毕竟是新楼啊！鲁叔早早地在门前放了鞭炮，以示喜庆。

鞭炮声一落，鲁叔却歪倒在地，说话含混不清，腿脚不听使唤。

邻居打了急救中心的电话，送鲁叔去医院，初步诊断为脑血栓。“爸，你光为我攒钱，连菜都舍不得买，天天干活劳累，从不查体，每次回来想和你去医院查查体，你老是说身体结实，什么毛病没有，拗不过你。这半年又拆房盖房，能不操心劳累吗？

我还怪你，生你的气，赌气不回来，这下可好……”

小斌真后悔。

小斌在老家医院陪了鲁叔十几天，病情稳定后，不顾鲁叔的反对，直接把鲁叔送到省城的康复中心让鲁叔进行康复训练。小斌和媳妇经常去看鲁叔，周末，小两口还会去康复中心把鲁叔推出来晒太阳。

“这是我儿子儿媳妇，给我养老。”鲁叔用已不嘹亮的嗓子逢人便说。

那天，小斌依然推着鲁叔晒太阳。空气中有花的香气，沁人心脾。

“小斌，你是个苦命的孩子。你知道我盖楼的原因吗？你能有今天的幸福生活，多亏了咱村父老乡亲的帮助，咱们永远欠人家的情。如今，那些曾经帮助过你的人慢慢变老，身体也不好，有五个人无儿无女，养老成了问题，我打算过段时间，把那些人全部接到咱们这儿，由我照顾他们，感情的债咱们一定要还。不要怪爸向你要钱，爸是趁着你现在有钱给你攒点，已经 15 万元了，万一你遇到为难的事，这些钱就能救救急……”

听着鲁叔的话，小斌眼里潮潮的，他感觉有一种东西充溢在心口……

爱是你我

一

“了不得了，辛家的老大考上大学了，真给他家里人增光。”

“看看，我说是吧，这个小孩从小就行，能没出息吗？”

“谁说不是呢，这下辛家一定高兴得不知道姓什么了。”

“人家祖坟上冒青烟喽。”

…………

1983 年 8 月的一天，邮局的人来给辛安送录取通知书的时候，辛安正在地里拉犁子呢。小山村里的人奔走相告，消息传遍了村子的角角落落，家家户户都议论起辛安考学这件事。当天晚上，种瓜的老王请辛安到他家的瓜地里吃西瓜，红沙瓤、黄沙瓤、白沙瓤随便吃。“别人吃了我心疼，你吃了我光荣。”一开始辛安不想去，但拗不过老王的盛情，勉强去了，极难为情地张开了嘴。看着辛安吃瓜的样子，吝啬的老王自豪极了，更会夸了。“秀才一动口，好运天天有。谁吃俺家瓜，大学跟你走。”

辛安家里也人来人往，前来祝贺的亲朋好友挤满了小院，有坐着的，有站着的，不时传来爽朗的笑声。辛安的父亲高兴得合不拢嘴，直让着大伙抽烟喝茶。整个村庄洋溢着欢乐的气氛，就像自己家的孩子考上一样。

“长大了，你也跳跳龙门，给老子长长脸。”有一家的家长不失时机地教育着自己的孩子。现成的例子，有这榜样，更有说服力了。

辛安的父亲破天荒地拿出了好酒，炒了几个小菜，招呼着大伙儿喝了起来。谁来谁喝，猜拳行令，热闹起来。金榜题名时，得意须尽欢。

辛安兄妹五人，他是老大，两个弟弟一个残疾，一个患抑郁症，还有年迈的父母，两个年幼的妹妹。他能考上学，那真是山沟里飞出的一只金凤凰。

辛安的求学之路相当不易，他是复读两年才考上的。那时上高中什么时候毕业，谁也说不准，只要你愿意上，能上到考上学。老百姓当然不了解复读的概念，只知道辛安一直在上学。

这样的贫困家庭，需要一个整劳力伺候。辛安无法照顾家人。没办法，为了这个家庭，在双方父母的撮合下，辛安在复读的第一年和自己的初中同学兰定了亲，由她帮着照顾自己的家庭。现在自己考上学了，当然不能当陈世美，否则会被唾沫淹死的，再说辛家祖祖辈辈都是忠厚老实之人，怎么会干出缺德丧良心的事来。

辛安临上大学前，家家户户吃了个遍。辛安是小山村里第一位大学生，大伙儿都对辛安高看一眼，厚爱一层。请他去家里吃个饭，一来表示祝贺，表达心意，二来也沾沾辛安的喜气。尤其家里有学生的，更是热情，都让辛安当面传授考学经验呢。

辛安是带着全村人的嘱托去上大学的。临走的那一天，辛安一出家门，各家门口就有站着的人为他送行。一路上不断地有人加入欢送的队伍里来，辛安眼含着泪花，不住地挥手致意。临出庄的时候，辛安回过头来，给父老乡亲深深地鞠躬，掌声长时间地响起。这一幕成了辛安一辈子学习、工作的动力和源泉。

我的家乡并不美，但家乡人淳朴、善良，我一定会回来报效家乡的。辛安暗暗下定了决心。

二

大学三年辛安勤学好问，成绩优异。毕业后他兑现承诺，回到自己的家乡，被分配到镇财政所工作。辛安浑身有使不完的劲儿，工作勤恳努力，没出几年，就被提拔为财政所副所长。

兰是辛家的功臣。兰把自己积攒的钱给辛安，供着他完成学业。和辛安结婚后，兰扛起了家庭的重担。她起早贪黑，辛苦劳作，既照顾公婆，还要照顾两个弟弟、两个妹妹。邻居们都说，她这家子人能过上像样的日子，多亏了兰撑起了这个家，兄弟姊妹要报答她的恩情，忘了谁也不能忘了她。

又过了几年，辛安成了镇财政所长。

镇上有人当官了，全村人都觉得脸上有光，高人一等，仿佛自己在镇政府上班似的。

为了报答乡亲们的恩情，辛安主动联系自己的山村政府，帮着村民勤劳致富。村里经过实地考察，反复研究，决定修水库，铺沥青路，绿化村庄。辛安鼓励村民种植核桃、板栗、樱桃，他负责联系销路。到了收获的季节，辛安一忙起来，不论到谁家，渴了就喝，饿了就吃，不让村民单独做饭，只是多双筷子而已。时间长了，大伙儿也不拿辛安当外人。在辛安的帮扶下，村民富了，村庄美了，而辛安硬是瘦了几十斤。老百姓直夸辛安好样的，是共产党的好干部。而辛安总是谦和地说，是党的富民政策好，能为父老乡亲帮忙，这是我分内的事情，更是我应该做的。

从那以后，辛安一回来，坡里干活的人若是看见，立即扔下手里的工具跑过来，围着他搭讪、寒暄，亲得不得了。这让辛安心里热乎乎的。辛安暗下决心，一定好好工作，好好报答村民们的养育之恩，不辜负家乡人的厚爱和期望。

一个人最不能忘记的就是家乡。能为家乡出把力，尽份心是最让人高兴的事。

三

嘭的一声巨响，一辆豪华客车如脱缰的野马撞断了路旁三棵碗口粗的树，冲破高速路防护网，像表演空中杂技一样，翻转几个三百六十度，砸在一块突出的巨石上，车晃晃荡荡，颤颤悠悠。风声、雨声伴着哭声、骂声、喊叫声一起回荡在山间。

正当辛安想甩开膀子大干的时候，一场突如其来的车祸打乱了辛安的生活。

2010 年 5 月 26 日在环山高速路上发生了一起车祸，辛安就是伤者之一。

辛安去外地出差，事情办得很顺利。本可以住一晚上再回，可辛安记挂着单位其他事，就冒雨乘车回家。车内密封好，温度高，不一会儿辛安就迷迷糊糊进入了梦乡。迷糊中，他突然感觉车受到剧烈撞击，随后颠了几下。辛安立即抱头蹲在座位后，不知怎的他被甩出车外，撞在一块石头上。辛安腿被磕破了，衣服也被磨得破烂不堪，头上流血，腰疼胳膊也疼。辛安走上山坡，来到公路旁一棵树底下，麻木的神经支撑着他，只盼着 120、110 快来。可旅客都是外地人，不知道他们自己确切的方位，幸好大桥旁有几位修路的老大爷告诉他们地址才准确地报警，然后就是漫长的等待。司机和跟车的人远远地躲在一旁，不敢看大伙儿。

他们去了医院，直接做 CT 检查。前边的伤员很快就做完了，辛安进去后大夫让他变换了好几个姿势，吓得他浮想联翩。以往也有当时没事、事后暴毙的情况。我上有老，下有小，是家里顶梁柱，可不能有什么三长两短。辛安暗暗地祈祷，这样的事千万别让咱摊上，否则家里就天塌了。出来后一问大夫才知道，刚才给辛安做了两个 CT，一个是脑部的，一个是腰部的，头破了但没事，腰部三处骨折，需要马上住院治疗。兰接到电话，心急如焚地赶到医院，照顾辛安。

当疼痛不再剧烈的时候，辛安才觉得后怕，紧张不安。人说没也很容易！老天开恩，祖宗庇护，生命无忧，万分庆幸。

事后才知司机头天夜里打牌，没有休息好，疲劳驾驶，车行至大桥临近拐急弯时一合眼，加之速度快，车直向山沟底飞去。沟底离桥面斜坡距离大约两百米，而且全是奇形怪状、大小不一的乱石。由于受到剧烈的撞击，车玻璃碎落，辛安就是在这一瞬间从窗户里飞出去，像伞兵一样坠落在到处是乱石的山坡上。

辛安住院期间，每次输液就要七八个小时，扎得两手没一处好地方。晚上他也睡不好觉，一是伤口疼痛，二是同病房的呼噜震天响。有时他忍不住把人摇醒了，人家觉得不好意思，说打扰你了吧，好，不打了，我注意。可转眼又鼾声四起。

不过睡不着还是轻的，他最大的难题是解大便不能下床，只好把便盆放在屁股底下，陪床的都要出去，他一解要很长时间，有时还解不出来。尽管病友同是天涯沦落人，也搞得辛安怪难为情。不到万不得已，他就不解，但不解还不行。每次解大便就像打了一场恶仗，过了一趟火焰山。从来没有经历这种场面的辛安难过、沮丧起来。这是弄的什么事，真是活受罪。

他唯一的乐趣就是每天输液的时候看电视剧《媳妇》，听里面的片尾曲《爱是你我》。云朵用特有的高音，极强的穿透力，将歌曲演绎得大气、深厚。“在患难之中不变的承诺”“把我的伤痛抚摸，倾听你的忧伤欢乐”“就算生活给我无尽的苦痛折磨，我还是觉得幸福更多”。这就是爱，此情此景，让辛安感同身受。

人这一辈子到底要干什么，怎样来度过？生命真是脆弱极了，说完就完。这一关过不去，生命链条断了，也就止步了。

重要的是我还活着。和人的生命相比，钱再多又有什么用呢？

涅槃重生，大难不死，必有后福！辛安不停地默读孟子的话：天将降大任于是人也，必先苦其心志，劳其筋骨，饿其体肤……

经历、体验、升华，辛安对人生有了更多的感悟，人就要珍惜当下。活着比什么都重要。

住院期间，领导探望，嘱咐安心养伤。可单位的工作别人做做，他也不放心，身体稍微恢复，辛安就嚷嚷着出院，出院就成了好人，住院永远是病人。

四

一出院，辛安就投入紧张忙碌的工作当中。

“老弟，好久没在一起吃饭了，晚上一起吃个饭吧？”是好友李军的电话。

“好吧，正好今晚有时间，我也想约你。”心有灵犀的辛安很快答应。

辛安和李军是高中、大学同学，毕业后又分在同一个镇工作。辛安干了财政，李军去了农机站。以前他们都住在镇家属院，是一墙之隔的邻居。现在李军搬走了，辛安还住在那里。

李军两口子对辛安家有恩。辛安媳妇坐月子时，辛安刚工作不久，脱不开身，是李军媳妇跑前跑后伺候的。包括后来李军家帮忙接送孩子上学，孩子在李军家吃饭是常有的事。甚至有时辛安出差，家里没人，孩子还住在李军家里。辛安家是男孩，李军家是女孩，两个孩子可谓青梅竹马，两小无猜。一想起这些，辛安心里就暖暖的。

虽然他约场，但今晚我要请客。辛安打定了主意。

李军把辛安领到了一个高级会所，点了各式佳肴，上了高档酒烟。这么破费，还没有其他人，辛安有点摸不着南北。

“军哥，你这是干什么？就我俩叙叙旧，为什么这样安排？有什么事吗？”

“没事，老长时间不聚了，今天就咱兄弟俩，喝个痛快。来，再斟满。”

“军哥，你有事就说，咱俩不用客气。”辛安越喝越想弄明白缘由，不知道对方葫芦里到底卖的什么药。

在辛安的再三追问下，李军终于说出了这次请酒的用意。

“有件事，是一举两得的事，既能帮你嫂子完成任务，还能解决你的燃眉之急，我知道你正在筹钱买房。老弟，你脑子得开化开化，官当了十几年了，一家子还挤在小扒屋里，儿子也大了，马上就要谈对象，老爷子也需要养……”

辛安终于明白了，李军是在打存款的主意。

李军媳妇在镇上银行工作，不光有揽储任务，更重要的是想利用钱赚钱。

“老弟，你嫂子说了，存五百万，就半个月，给你两万。”

“多大点事啊，值当弄得这么神秘。”辛安答道。“钱不能要，帮忙可以。咱俩的关系，谈钱就见外了。”

“那是你的辛苦费，你应该得的，该怎么办就怎么办。”

“好说，好说。来，喝。”辛安能帮忙，李军高兴起来。

都说辛安是死脑筋，我才不信呢。想要办成事，一靠关系硬，不好意思拒绝；二靠财物多，让他心动。办成事的李军越喝越尽兴，而不胜酒力的辛安也情不自禁地喝多了。

回家的路上，李军那两个代表两万元的硕大无比的手指总是在辛安的眼前晃动。酒壮英雄胆，辛安惬意地哼起了小曲，此刻在他心里，没有解决不了的事。

“哪来的烟？还躲躲藏藏的。”睡意蒙胧的兰看到辛安在往衣柜里藏烟，突然大喝一声。

“李军给的。”辛安以为兰睡着了，她这一大嗓门，着实吓了辛安一跳。

“他为什么给你烟？还是高档的。”兰打破砂锅问到底。

“没什么事，就是老长时间没在一起了，怪想念的。我俩只是叙叙旧，喝小酒。”

“胡说，他嗜烟如命，没事能舍得给你这么好的烟？说实话，不说实话不准睡觉。”兰使出了绝招。辛安只好投降，道出了实情，胆怯地说：“你嫁给我二十多年了，也没让你过上好日子，还住在破房子里，我对不住你娘俩。这次李军求我，我也想改善一下我们的生活。再是给李军媳妇帮忙，她可是我们的恩人，我们不能忘了人家。”

“把款转存一下，时间短，神不知鬼不觉，没事的。”辛安小声解释道。

“我只问你一句，你这样做违法吗？违反政策吗？”兰厉声道。

“没，没那么严重。”媳妇的质问，让辛安一下子醒酒了。

“你可不能麻痹大意。我们感恩，但不能以这种方式。我嫁给你，不图荣华富贵，只求一家人平平安安。全家老少都好好的，我就心满意足了。”

“你娘给你起这名的用意，我都知道，你难道不知道？辛安辛安，就是让你无论做什么事，都要坦坦荡荡，图个心安。你如果做了今天这样的事，你说你能心安吗？死去的娘能心安吗？你要清楚，千里之堤，溃于蚁穴啊。”兰越说越动情。

“都喝了人家的酒了。”辛安声音越来越小。

“喝了酒赔钱，拿了烟退回，明天就办。”兰下了死命令。

辛安的酒彻底醒了，觉着媳妇的话不但正确而且不容置疑。我怎么会有这样的想法呢？挪用公款，可不是个小事，原则性的错误坚决不能犯。我的党性哪去了？谨小慎微半辈子了，怎么酒一上头一发热就啥也不管不顾了？不该喝的不喝，不该去的不去，不该拿的不拿，否则会出大事！

都死过一回的人了，要这些钱有什么用！

辛安越想越后怕，越想越愧疚。

第二天一早，辛安带着烟和其他礼物径直来到李军家，放下东西，夺门而去，身后留下了李军两口子目瞪口呆的身影。善门难开，善门难闭。大堤溃于蚁穴，与其开了头，任人摆布，还不如从一开始拒绝。

这件事让李军夫妇很不理解，多大的事他竟然吓成这个样。真是死脑筋，放着摇钱树不用，活该一辈子受穷。这点小事不给办，还谈什么交情。这样的朋友没有也罢。你无情别怪我无义。从那以后，李军见到辛安就把头扭到一边，不和他说话，还给他脸色看；李军媳妇到处说辛安的不是，说他两口子是白眼狼，是忘恩负义的家伙。

话传到辛安的耳朵里，辛安只能一笑了之。

生活是美好的，烦恼是自找的。谁对谁错，他们终究会明白过来的。辛安不停地安慰着自己。

五

太阳每天都是新的，日子一天天在平静中度过。

临近年关，国家土地专项补偿款在按计划往下拨，财政所也在按计划发放，辛安这阵子格外忙。

一天晚上，忙了一天的辛安刚躺下。

“砰砰砰。”门外传来了敲门声。

“谁啊？这么晚了有什么事？”辛安边说边打开了门。

然而门外并没有人，他自己犯嘀咕：“能是谁呢？”刚要关门，看到门口地上有一个包。辛安喊了几声，没有应声，只好把包捡了起来，拿进屋里一看，吓了一大跳。原来是一包崭新的百元面币，共有五摞，五万元。包里面夹着一张纸条，一个村书记送的，为了补偿款的事。

村书记说，想通融一下，把二百多万的补偿款年前先拨给他们村，这五万元让辛安用在打点上。

看着这红彤彤的一大包钱，辛安主意已定，他和自己说："辛安，一定得退回去。"

辛安的坚定，兰很支持。

辛安连夜给那位村书记打电话："快回来把东西拿走，这样可不行。上级和镇里都做了计划，早晚是你们的钱，我不会打乱计划的，这个不允许。"

"请老弟通融一下，尽快把钱拨过来，村民天天来找我，要我想办法，都急用啊。"

"钱当然会拨的，这是我的工作，可是……"话没说完，书记就挂了手机。

这突如其来的事让辛安犯了难。

怎么办？这个夜晚不寻常。辛安抽了一地的烟，思绪万千。

他想起小时候放猪的情形。有一次自己不慎丢了一头猪，让父亲打得一夜不敢回家，那可是全家一年的来钱项啊。该打。都是贫穷惹的祸，谁不盼着将来有好日子过。

想着来之不易的工作，怎能不好好珍惜？

想到买房缺钱，儿子那期待的眼神。

想到从那次车祸以后，一到下雨阴天，腰就隐隐作痛。车祸给他带来了严重的后遗症，左侧腿一遇到凉风就疼，不敢开空调，不能吹电扇；不敢坐公共汽车，特别是一刹车就害怕，就想起那场惨剧。人不能光受罪，是不是该享受？否则就亏了。

…………

整整一夜，辛安做了激烈的思想斗争。到最后，辛安还是决定把钱退回去。

第二天一早，辛安再次打书记的电话，关机了。

即使工作再忙也不如退钱重要。为了保全书记的面子，不扩大影响，辛安自己驱车去了书记的家。结果铁将军把门，书记没在家，躲出去了。

第三天一早，辛安又扑了个空。辛安给书记打电话总是无法接通。

这可怎么办？这样的事没法通过第三者转交，知道的人越少越好。五万元仿佛一颗定时炸弹，急得辛安像热锅上的蚂蚁。

这天晚上，分管领导约辛安吃饭，辛安本不想去，可抵不住领导一遍遍邀请，辛安就去了，一看还有那位村支书。辛安想走，领导一把拽住他："你俩可能有什么误会，有些事说开就好了，今天没外人，就是聚聚，也没有别的意思。我对书记老大哥是比较了解的，办事老道、可靠，还是多沟通了解，其实没有什么大不了的事。"分管领导打着圆场。辛安只好硬着头皮坐下。几杯酒下肚，支书拍着胸脯，信誓旦旦地说："时间长了你就了解我了，我办事，你放心就是。我担保，单据真实、规范、手续齐全，没一点虚假成分，绝对经得起调查，如有一句假话，天打五雷轰。""好，好，好，来，来，来，喝酒。"分管领导说完端起了酒杯。话说到这里，辛安还能怎么办呢？一个篱笆三个桩，一个好汉三个帮。一些事看破不说破，心知肚明而已。辛安冰释前嫌，站起来一饮而尽。

从那以后，上下班有人碰见辛安，总觉得辛安心事重重，跟变了个人似的。以前辛安碰见谁都客客气气，热情四射。现在他和谁也不说话了，脸也没表情，只是点点头而已。

时间一天天地过去了。

又到了一年一度的经济工作大会。会上分管领导对财政所的工作给予高度评价，特别是对辛安进行了表扬，他的认真、细心、规范，确保了全镇的经济正常运行，辛安功不可没。

上班，报表，包村，去财政局争取资金，辛安天天累并快乐着。人就是这样，一忙起来，一些记忆就渐渐模糊起来了，辛安又恢复了以前的自信、阳光、激情。

辛安的努力没有白费，流的汗没有白流，他得到了各级领导的厚爱，成为组织培养对象。

六

爆竹辞旧岁，瑞雪迎春到。家家贴春联，户户笑开颜。整个神州大地洋溢着一片祥和、欢乐的气氛。

辛安打扫着院落，把灰尘和不快都扫得远远的。忙碌了一年的辛安终于可以静下心来，回老家陪父亲过个平安年、幸福年了。

吃团圆饭的时候，细心的父亲感觉辛安没有往年高高兴兴过节的心情了，好像有什么心事似的，不愿意喝酒了。往年爷俩总是这个时候好好喝两盅的，而父亲也盼着这一天的到来。因为这一天儿子全家都回来，这是他一年中最高兴的一天。今年怎么了？哪里不对劲？细心的父亲看出了辛安的变化，想问又不敢问，怕影响了过年的气氛。

正月初一，辛安随父亲到家族祠堂祭拜先祖。

“你走到今天这一步，也不容易，你要守着祖宗发誓，要老老实实做事，清清白白做官，一辈子不做丢人现眼的事。”白发苍苍的父亲面对同去的族人对辛安说。

“你老就放心吧，我一定守住底线，挡住诱惑，绝不给祖宗抹黑。”辛安心里不由得咯噔一下，但也下了决心。

父亲又看到了目光坚毅、神情严肃、充满活力的辛安，欣慰地笑了。

元宵节后上班的第一天，辛安毅然决然把那烫手的五万元交到廉政账户上去了，顿觉轻松了很多。

大约过了半年。有一天，市纪委的两名领导忽然到辛安的办公室了解情况。

“根据供述，你有受贿五万元的嫌疑，请你如实交代。”纪委领导直奔主题。

辛安在吃惊、庆幸之余，如实把那五万元款项的处理情况向市纪委领导做了详细汇报。

事情很快水落石出。

原来土地补偿款出了大事。那位行贿的村书记采取虚报坟头、树苗、蔬菜大棚等手段，套取国家赔偿款近百万。同时受牵连的还有十几名大大小小的干部。

这在当地引起轰动，人们议论纷纷。这么多人出了事，离钱最近、天天和钱打交道的辛安竟然没有受牵连，太出乎意料了。这让人们对辛安刮目相看，认为他了不起，不简单，不贪不沾。

只有辛安清楚，这来源于他有一个好媳妇和一位好父亲。上次如果不是媳妇的果断、严厉及立场坚定，心存侥幸的他要是挪用了公款，现在可能被绳之以法了。这次要是没有父亲过年那一番话语，怎么会有他的决绝。

不伸手，守底线，保平安。辛安经常这样想。

七

“这样的正人君子哪里找？不和这样的人来往和谁来往？当时他不给咱办事确实让人生气。可是现在想想辛安做得对呀，只有这样才能不出事，一家子平安啊。这才是对家负责任，等出了事就晚了，让那些贪财的后悔去吧。”这天夜里，李军两口子说起了辛安的事情。

“是啊，找这样的人过日子才牢靠，心里才踏实。你看出来了吗？咱女儿对辛安的儿子有意呢。咱也得同意啊。”李军媳妇道。

“是嘛，从小他俩一起长大，倒是一门好亲戚。人家不给咱办事，咱就给人家脸色看，咱这样对待人家，不知人家心里怎么想？”李军提出了疑惑。

“没事，为了孩子的幸福，咱得能屈能伸，道歉去。我觉得只要实心实意，大人不计小人过，他俩会原谅咱的。”李军的媳妇满怀信心道。

“是，知错就改，善莫大焉。明天去。”

第二天，天气格外晴朗。

“来客人了，开门呀！”十点半，李军夫妇提着大包小包的礼品来辛安家做客。

“老弟、弟媳，今天我们两口子是来赔礼道歉的，我俩差点害了老弟，你们能原谅我们吗？”李军媳妇快人快语。

“我们终于知道什么才是真正的好人，你们俩值得我们一辈子尊敬，和你们来往，永远都放心。”李军插言道。

“赔什么礼，见外了，你俩是我们的恩人，我们得感谢你们。”

“那都是过去的事了，就别再提了。我弄几个菜，你哥俩好好喝一杯。”辛安媳妇连忙道。

“好，好，就是，就是。今天来的时候就没打算走，可得好好喝一点，今天不醉不归。”李军摩拳擦掌，恨不得马上开席。

不大一会儿，丰盛的佳肴就上桌了。席间，李军夫妇不停地举起酒杯向辛安夫妇敬酒。

“哈哈，哈哈……”爽朗的笑声从辛安家的小扒屋里传了出来，响彻了整个镇政府家属院。

此刻，辛安耳边仿佛响起云朵的歌声《爱是你我》：在患难之中不变的承诺，就算生活给我无尽的苦痛折磨，我还是觉得幸福更多……

突然，辛安端起酒杯，望着身边的妻子，深情地说：“兰，我敬你一杯！”

兰愣住了，李军夫妻俩也愣住了。旋即，兰笑了，李军夫妻俩也笑了。

兰端起酒杯，一饮而尽。

班里有个女生叫王香

一

1982年，平安上初三。

平安的父亲既是他的班主任，也是他的语文老师。同学都围着平安转。班上有两个年龄大的学生，一个是张山，性格内向，不爱搭理人；一个是王武，活泼开朗，没有不熟的人，人送外号“熟里鬼”。王武爱好文学，写诗，也写散文，偶尔涉足小说。他说自己的梦想是当个作家。平安可能觉得他俩年龄大，能做他的保护神，于是自己甘愿当小，总是听他俩的，跟在他俩后面，一起玩耍。

那个时候风靡全国的电视连续剧《排球女将》正在上演，加之中国女排夺冠，全民都学中国女排精神，都想为国争光。平安就让父亲从学校借出一个排球，周末他们仨跑到操场一起练习，乐此不疲。有时下雨了，唯恐浪费了时间，他们就在学校小礼堂里练。他们模仿着女排队员的训练方法，托球，垫球，传球，发球，扣球，即使蹉了手指，崴了脚，有了破皮红伤，仍然坚持练习，兴致勃勃，痛并快乐着。

又到了一个星期天，平安叫张山去打排球，一到他家，张山正和他父亲拉锯，汗流浃背。他的父亲是远近闻名的木匠，打的家具供不应求，忙不过来的时候，就让张山帮着解木料。木料固定在大木凳上，父亲站着，张山坐在地上，穿着两根筋的背心。

爷俩一上一下，一来一往，有节奏地解着木板。张山的胳膊上散落着薄薄的一层木屑，地上的木屑已有一大堆了，一看就是锯了很长时间。不知是因为平安看到张山的窘样，还是张山自己觉得丢了丑，他也不言语，只沿着打在木材上的墨线使劲拉，那胳膊上的肌肉十分突出。平安只好尴尬地退出。张山真能吃苦，他好有劲啊！这个罪我可受不了。平安边走边想。

没有强健的体魄，所有的理想都是空谈。他们三个还约定每天晚上 9 点半出来锻炼，然后回家再学，因为天道酬勤。

他们有时到学校东边的麦田里集合，三个追风少年意气风发，斗志昂扬，奔跑在乡间的小路上。有次他们在奔跑中，发现在明亮的月光下，两个老师在谈恋爱。远远望去是两条平行线，后来变成了一条线，吓得他们赶紧溜之大吉，唯恐让老师认出了自己。

有时他们也去附近的一号水闸，他们沿着河岸跑，月光下，流水声，三个少年扭起来，喊起来，好不快活。

二

无志者常立志，有志者立志长。三分钟的热度一过，晚上锻炼不到一个月，平安就当了逃兵。一开始他感觉很新鲜，可到了第二天就无精打采，上课只打瞌睡，影响学习。时间一长，身体实在吃不消。加之正是长身体的时候，家长也不赞同，精神可嘉，方法欠妥，得不偿失，慢慢地三个人就都放弃了。

王武在《少年文艺》上发表了一篇叫《可爱的马齿苋》的文章，消息一出来，立即在全校引起了轰动。学校大会上颁奖，语文老师当范文在班里念。遇到作文写不好的同学，语文老师经常以王武为例，挂在嘴头子上的话是：看看王武，人家那才是真怀着梦想，报效祖国呢，跟着他好好学吧。

王武成了名人，走到哪里，同学们都投来佩服的目光。一开始，王武还不习惯，后来也就昂首挺胸，自然大方，有范起来。时间一长王武还有了标志性动作，用手把头发往右一抹，同时头往左一摆，才开始走路。别有什么意见，你行，你也在国刊上发篇文章看看。王武心里很有底气，竟然以作家自居了。

学校也借着他的东风，顺势成立了萌芽文学社，办起了《萌芽》校刊。就因为有了这份刊物，学校多少人开始了阅读，并尝试去做一件最有魅力的事情：写作。用文字记下心事、周边的事，描述一切。高兴与不高兴都可以写在纸上，使用所有他们知道的美妙词句。无论谁写出一篇有意思的文章，同学们都会大呼小叫一通，从此对他刮目相看。一篇歪歪扭扭的文字一旦印在刊物上，马上变成了好看的美术字，还常由一些美丽的花纹环绕着，配上了插图，真是漂亮。好多同学都以王武为榜样，立志长大当作家呢。

张山也不例外，改革开放的春风吹拂着大地，谁还没有一个梦想呢。他闹着父亲买了本《康熙大字典》，天天翻开字典，用手指着，一字一字地学，一页一页地背。他说这是个笨办法，把它掌握了，有了词汇量，文章就会写了。

他们谈论着理想，憧憬着美好未来，相互鼓励，想一起考上重点高中，然后去北京上大学。

三

王武被提拔成班长，更有骄傲的资本了。

王武上课也不大集中精力听讲了，时不时拿出自己的小镜子照照自己的头发是不是歪了，一歪赶紧纠正。作家的光辉形象要时刻保持着。更重要的是他还偏科，主学语文了，想走文学这条路。文学味浓了，人不知不觉就开始浪漫起来。

有时遇到不愿意学的小副课，再加上老师管教不严，班里就会乱了起来。王武趁机做起了小动作，不时地抓前面女同学王香的小辫子。要知道前面的女同学可是团支部书记，老虎的屁股摸不得，书记的辫子也抓不得。王香的哥哥是学校的副校长，自己的妹妹受气怎能坐视不管？约谈、批评，叫家长，可王武屡教不改，终于受到停学一周的惩罚。

凡事和为贵，这一弄，王香有点受不了，央求哥哥让王武快回来，只要他改了就行。一个是班长，一个是团支部书记，他俩的关系关乎班里的安定团结，稳定大局。能饶人处且饶人，王香从心里原谅了王武。

不打不相识，从那以后，他俩班务工作、团务工作配合得更默契了，各项工作都走在学校的前排，他们班成为先进班集体、优秀团支部。

他们班的团活动多次受到学校团总支书记的表扬。一来二去，他俩经常接触，彼此间也有了点火花。

学校东边 2000 米有个河涯，当地人都叫它东河涯。它宽几十米，蜿蜒不断，河水欢唱着流向远方。

遇到天气合适了，语文老师就组织学生去东河涯写生，老师交代完注意事项和任务，大家就自由活动了。全班同学大声叫着扑向大自然。有玩沙子的，有学霍元甲武打的，有进行日光浴的，有下河戏水的，有摸鱼逮虾的，大家都很开心和快乐。各玩各的，万类霜天竞自由，谁也不注意谁。到了集合的时候，没想到就差王香和王武，原来他俩脱离了大伙的视线，在远处看不到的河水里戏水打闹。派去叫他们的人眼尖，一眼就看到他们的鞋子竟然放在了一起。

四

不知什么缘故，平安和王香成了同桌。王香晨读时好用撇腔拉调的普通话朗读，这让平安瘆得慌。尤其是王香的声音还尖，发出的声音就像泡沫擦玻璃的声音，更让平安瘿得慌。为此平安痛苦不堪。

王香怎么配和我同桌？是她学习好，还是长得美？平安心想。

平安是看准了，她脸上有轻轻的蝇子屎，不仔细看、不近看，是绝对看不出来的。她还有一个动作让平安看不惯，就是好搓灰。夏天班里人多闷热，王香自觉不自觉地把手伸进脖子，手来回搓几下，撒开的手指一拢，手里的东西就汇集到大拇指和食指上，再捻成团就扔了。她搓了脖子前面搓后面。做这个动作她是不自知的，是她的一个不良习惯。多亏是在有人的教室里，要是在没人的仓库里看见，还以为是老鼠屎呢。

一个淑女，怎么这么不注意自己的形象呢？对父亲的座位安排平安有了强烈的意见，非常不满，甚至有点恨父亲。

有一天，上语文课，学习吴伯箫的《记一辆纺车》。当父亲根据课堂需要，打着拍子，动情地演唱《解放区的天》时，平安用书挡着脸，歪着头，扮着鬼脸，按节奏啊啊怪叫起来，引来周围同学的大笑。不知情的父亲以为给他喝彩，唱得更起劲了。平安用这种方式抗议着父亲对他的换位，还借用历史课本上的一句话调侃：清风不识字，何故乱调位。

五

王武对平安突然好了起来，经常给平安好东西吃，还仔细、认真地教平安打篮球。谁欺负平安，王武总是站出来替他打抱不平。这让平安感动万分，天天念着王武的好。这天上自习，平安看到王香回了一下头，还有点羞涩，好奇心让平安回头扫了一眼，突然看到王武投向王香的火辣辣的目光。那目光王武还没来得及收回来，他面带微笑，深情地望着王香，回味着什么。平安霎时明白了，怪不得平时对我这样好，有事没事到我的座位上来，和我聊天亲热，感情就和多好似的，原来是醉翁之意不在酒。

学校的老师又在进行篮球比赛了。平安的物理老师是从部队转业的，身轻如燕，他投的三分球真准；体育老师身体健壮，篮板球拿得好；语文老师是得分王，转身、打板、入篮；数学老师身手敏捷，三步上篮是绝活儿。每当自己的老师得分时，同学们欢呼雀跃，嗓子喊哑了，手都拍痛了。老师又进球了，正当平安喊得正起劲的时候，没想到有人拍了他一下，是王香给他端来了一杯温水，让他喝。平安渴得正急，什么也没想，端起来一饮而尽，喝完手一抹，连句谢谢也没说，就又呐喊助威起来。不经意一回头，分明看到王武投来恶狠狠的目光，平安一下子愣在了那里。看看，我说是吧，人一不注意、一不留神，说不准什么时候就会得罪人，平安心里懊悔个不停。

第二天上体育课，任务是做引体向上，老师先讲解要领，做示范，然后让同学们排队轮流做。前面几个同学做得很好，在同学们的助威声中，都完成了老师规定的个数，老师露出了满意的笑容。轮到平安时，平安抓住单杠，尽管有同学们的加油鼓劲，可引体向上他一个也上不去。平安脸憋得通红，真和被耍的猴一样，别提有多狼狈了。突然，聪明的平安使劲起跳，借助惯性向上越过单杠，还不停地数着数。同学们哄堂大笑起来，老师一看就生气了，一个箭步冲上去，一把提溜下平安，指着平安劈头盖脸地熊起来，一点情面也没给平安留。平安恨不得找个地缝钻进去，他低着头，右脚不停地捻着地，竟然捻出不少土来。平安捂住脸，不相信这是真的。体育老师平时对学生态度可好了，不管和谁，从来没发过这么大的火，怎么今天吃枪药了，这么凶？要知道，平安因父亲是老师，学习又好，从上学起还没一个老师这样熊过他，让他下不来台呢。平安这回丢人可是丢大了，同学们大都幸灾乐祸，露着期待的眼神，盼着暴风雨来得更猛烈些。只有王香向他投来既心痛又同情的目光，这让他心里一颤，感觉暖乎乎的。

人说来也奇怪，就这一眼，在平安眼里，王香霎时变得好看起来。

想想王香真的不错。平安一说没墨水了，王香主动递过来；一说没橡皮了，王香也递过来。只要平安一说没什么了，王香只要有的，总是立即递过来。即便当时没有，第二天王香总会问平安还需要吗，不用说，王香早已准备好了，只等平安一声令下了。

六

看了电影《董存瑞》后，团小组召开座谈会，通过模拟董存瑞炸碉堡的场景，对团员进行爱国主义教育。为了把会开好，保证开出效果，他们绞尽脑汁，集思广益，准备得很充分，现场不光有逼真的道具，还有搭建的实景。会议要求每个团员都要用实际行动表达出对英雄的爱来。王香是主持人兼扮演首长。

“平安同学，面对当时的场景，你会怎么做？”

“我要保护首长的安全。”平安坚定地回答，说完就站在王香身边，眼睛警惕地环视着周围。王香满意地点点头。

“王武，你呢？”王香的话还没说完，王武就霍地站起来，拿起“炸药包”，直冲敌人的“碉堡”，高呼“为了新中国，前进”。他那大义凛然、视死如归的气概感动了同学们，同学们纷纷为他鼓掌，喝彩。王武的光辉形象深深定格在同学们的脑海里。同学们满含钦佩的目光，看着王武光荣地走回来。回来后王武立即把“炸药包”扔在地上，大声喊道：“报告首长，我也要保护首长安全。”一听这话，同学们都愣了。看到同学们的表情，王武忙解释道：“我真人不说假话，心里怎么想我就怎么说，我不害怕同学们笑话，我害怕的是首长身边有坏人。刚才光寻思美人爱英雄，只有当了英雄才能有美人。可一想，万一去了回不来，当了英雄又怎样呢？不能让他们占了便宜。”王武喘着粗气，一副受委屈的样子，说完眼睛直瞪着平安，仿佛和平安有什么深仇大恨似的。王武一下子现回了原形，大伙很快明白过来，随即笑了起来。

七

又到了选拔参加公社数学竞赛考试的日子。卷子发下来了，平安一看题目都做过啊，便激动起来。平安快速地答题，甚至到了不假思索的程度。答题之余，他还不时望着同学吴理、甄怀，露出会心的笑容。

两位监考老师严厉无比。考场庄重，严肃，只有沙沙的答题声。

收试卷了，看着同学们垂头丧气的样子，望着同学们痛苦不堪的神态，平安以胜利者的姿态昂首挺胸地走出了考场。

成绩很快出来了，平安的成绩高出其他同学一大截，毫无悬念地名列第一。让人没想到的是，张山、王武的成绩也很高。

这么难的题还能考高分？要知道原来的好学生才考四五十分，这不是驴棚里跑出几匹黑马来了？

“要不按成绩从高到低取，就报这 10 名同学吧。”教导主任征求校长的意见。

“监场不是很严吗？没出现作弊现象吧？”校长问教导主任，校长好像听到了一些风声。

“没有，单人单桌，考试环节绝对没问题。”教导主任信誓旦旦。

“为了慎重起见，还是了解一下再说。”校长安排道。

“好吧。我落实一下。”教导主任答应了。

下午第3节课，张山、王武不出意外地被“请”到了教务处。

“知道考了多少分吗？”教导主任开门见山。

“不知道。”说完他俩低下了头。

“我给你们说，考得很好，没想到吧。”

“没想到。”他俩小声回答。

“我还没想到呢，要我说什么才好，是祝贺你们还是批评你们？自己的本事还不知道吗？老实交代，到底怎么回事？”教导主任声音高了许多。

“这样的题老师做都很困难，你们能做出来，打死我也不信，除非太阳从西边出来。这里面一定有鬼，我是在给你们机会，别以为我知不道。你们是怎么干的，我知道得很清楚。”教导主任声嘶力竭。

“快说，说不清楚，叫你们家长来。”教导主任又使一计。

他俩吓得发抖，心里不安起来，眼看过不了关，只好一五一十地全部招了。

那是星期天早晨，张山、王武没事来到学校转悠。转到油印室发现窗户没关严，张山用手一拉，竟然开了。

“明天考试，可能有考卷，我们进去看看。”张山建议道。

“对，你瘦你灵便，你进去。”王武指着张山说。

“好，你帮我一下。”张山没迟疑，王武托住张山的脚把他弄了进去。

“有吗？仔细找找。”王武扒着窗台小声往里喊。

“没有，橱子都锁着，找不到。”声音时近时远，张山正到处找着呢。

“哎，这儿有一堆刚用完的油印蜡纸，行吗？”张山像发现了新大陆。

“也行，拿出来看看。”王武连忙回答。

张山把油印蜡纸递了出来，王武小心地接着。张山关好门窗，拂去鞋印。他们来到一个僻静处，把油印蜡纸贴在洁白的墙壁上，用手使劲一压，然后揭掉，考试试题清楚可见。他们如获至宝，立即去教室拿出纸张再回到原地抄了下来。

题目太难，大部分不会，怎么办？这事需要保密，知道的人越少越好。王武邻居的大哥是个高中生，学习很好，王武求他帮他们做完。他俩用了一下午的时间，把所有的试题做了一遍又一遍。

“好小子，我说是吧，没走了我的眼吧，该打！”教导主任扬起了大手，他们吓得闭上了双眼。

“还不快滚！”头顶响起了炸雷，他俩抱头鼠窜。

真相大白，他俩不光丢了去公社参加竞赛的资格，还受到学校严肃批评。他俩很长一段时间，在同学们面前抬不起头来，就把仇恨记到了平安头上，因为只有平安知道事情的来龙去脉。

八

有些事的确防不胜防，打击和报复很快就来了。

有一天上课，平安刚跑到座位，来不及坐下，班长就喊起立，同学们站起来向老师问好。伴着老师一声“同学们好，请坐。”平安猛地坐了下来，没想到屁股被什么东西硌得生痛。一看还是个钢笔水瓶，平安欠起身，双手撑着桌沿，脸上冒着虚汗，头伏在桌子上，疼痛难耐，感觉天旋地转，足足过了三十分钟才缓过神来。回头看到王武正在翻课本，一副若无其事、装模作样、幸灾乐祸的样子。不用说，一定是他捣的鬼。平安恨死了王武。

这天，下了课平安去厕所，王武瞅准后，赶紧跟着跑到学校外的大便池边，对准平安所在的位置，拿起石头就狠狠地砸下去。溅起的屎水子溅在了平安的屁股和裤子上，吓得平安嗷的一声，赶紧提溜上裤子跑出来，那个狼狈样子就别提了。看着王武哈哈大笑的样子，你说怎么办？打又打不过，骂又骂不过，告状还不会，平安只能忍气吞声，回家换了衣服再去上学。母亲问怎么回事，平安只好说自己不小心弄脏了。平安受了气，也不敢给父亲说，怕给他出难题。父亲一贯的作风是，孩子有了问题，总是找孩子的原因，总不给孩子争理。我又没怎么着你，我又不抢你老婆，你总欺负我干什么？这个王武是真坏啊。以前他对我好，都是假象。人心隔肚皮，知人知面不知心，平安委屈得直想哭。

从那以后，平安不到万不得已的时候，不敢去厕所，唯恐又遭到袭击。

九

该来的总会来，该走的也无法挽留。盼来盼去谁愿盼个透心凉。

女大十八变，越变越好看。王香越来越成熟了，越来越有气质了。她的美丽、善良、温柔、大方，让她当之无愧地成为班花、校花。爱美之心，人皆有之。喜欢她的男生越来越多，没想到张山也暗恋着王香。从张山的眼神中看出，他喜欢王香的一切。他也愿意为王香付出一切。别人都挂在嘴上，张山是爱在心里，爱得越深刻，越难忘；爱得越深沉，越让人觉得可怕。

凭什么平安和王香一个座位？我不能和她一个座位的话，哪怕离她近一点，闻一闻她的芳香，也好。就连这点心愿，老师也不能满足我，有时还在班上当众批评我，让我下不来台，让王香看我的笑话，这是什么老师？张山满脑子的怪想法，让他心里只有仇恨和怨言，变得更沉默寡言了。

这天，吃完中午饭，平安去上学的路上，走到拐弯处，突然听到吉普车的声音。平安立即躲靠在路边，等着车过去。由于小路弯多，车速很慢。等车开过时，车上的王香看到了平安，平安也看到了她。平安至今还记得，王香当时穿着一身海军蓝，看见平安后，连忙着急地转过身，隔着玻璃跟平安打招呼。车开过后，王香就站起来，不停地变换着姿势，双手时而敲打、时而摩擦着车厢后面的玻璃，平安也挥手致意，不由自主地追了出去，直到车拐出了弯开向东方。那场景就像电影《英雄儿女》王芳追她爸爸一样。到了学校他才知道，王香转到城里上学了。平安有点失落。王武啊王武，咱俩还成了仇敌，不应该啊。你处处打击报复我，到头来你不是也捞不到嘛，活该竹篮子打水一场空。人家王香爸妈工作好，你也不撒泡尿照照自己，配得上吗？尤其是张山，更是让人笑掉大牙。你一个泥腿子，自己几斤几两还不清楚吗？还想三想四，净想好事，你这就是癞蛤蟆想吃天鹅肉，痴心妄想，门都没有。

平安心情有点失落，课也上得无精打采，没有一点情绪。下课的铃声终于响了，同学们陆续去厕所。厕所又建了个新的，在学校内部的西墙边上，面积很大。原来，厕所建在学校门口，影响美观。平安解完手，在回教室的路上，没想到在平安前面的张山突然回过头来，面目狰狞，咬牙切齿，抡起拳头狠狠地向平安砸来。连续地击打，没防备的平安很快被打倒在地，还没等周围的同学反应过来，张山早已扬长而去。这几拳，实在是把平安打晕了，你无缘无故打我，总得有个理由吧。咱是有弑父之仇，有夺妻之恨？同桌就是两口子，这是什么浑蛋逻辑？好事都是你的，我什么也没有。再说我可从来没有和王香交朋友的想法。苍天啊，大地啊，我冤枉啊。我又不和你争，不和你抢，为啥都针对我呢？难道是我身在福中不知福？难道这就是羡慕嫉妒恨？我怎么落到这般田地，谁能替我出出这口恶气啊？平安叫天天不应，叫地地不灵。好一个张山，一点道理也不讲，你真是无理。你竟然敢打班主任的儿子，就不怕我告你的状吗？平安从地上爬起来，扑打着身上的尘土，心里愤愤不平。

退一步海阔天空，忍一时风平浪静。好几天，平安一见张山就绕道走。真躲不开，也得提防着他。好多年以后，平安这个气也没出。

几十年过去了，平安始终想不通张山为什么打他，一点前兆也没有啊。连父亲也不知道为什么。现在是法治社会，要不要起诉他，也不知过没过起诉期。依着当年的气人劲儿，真想走法律程序试试。一想起张山，平安经常有这样的念头。

有时平安偶尔遇到如今一步一拐、一步一瘸的张山，气就不打一处来，恨不得冲上前去，像当年他那样来个突然袭击，来消除自己这一辈子的阴影。

人算不如天算，他都这样了，还是算了吧。平安安慰着自己。

十

春节前夕，远在北京的王香回来了。

王香一回来，迫不及待地约平安、王武、张山吃饭。王香现在在北京当了大老板，身家百万。

当年他们班的同学，有的考上了大学，有的到部队当兵，还有的南下广州、上海、深圳等地打工。大多数人在家种地，业余时间跟着私人建筑队拎泥兜、搬砖。只有王武在家里一边种地，一边写作。据说他已经写了三个长篇小说，经常在全国各地报刊发表文章，并加入了省作家协会，成了名副其实的作家。唯一不足的是王武至今孑然一身。

有人说王武写作写得走火入魔了，所以至今未娶。但是平安和张山了解王武，王武心里只有王香，因为他对王香太痴情，才没结婚。

王香把当年的老师一齐约着，美其名曰师生40周年聚会。

王武是最后一个去的，本来他不想去，是张山苦口婆心地劝说，王武才答应赴宴的。

在酒店的包间里，同学们围绕在老师旁，话情意，聊感怀，说不完的话，叙不尽的情。

> 你曾对我说，相逢是首歌。同行是你和我，分别是明天的路，思念是生命的火。真诚也活泼，坚定也执着，啦啦，啦啦，啦啦……

同学们情不自禁地打着拍子，唱起《同一首歌》来。

酒过三巡，豪情满怀。老同学互相揭起了短，都这把年纪了，还有什么可在乎的呢？还有什么过不去的坎呢？提起当年难以启齿的事，大伙儿话题绕了一圈。

“谁也别笑话谁，谁一辈子还没犯过错。”张山又喝了一杯，抒发起感慨来。

“我们都是过来人，都别充好人啊，叫你说，只要是个正常人，哪个少男不多情，哪个少女不怀春？青春期叛逆、懵懂都很正常。人生只要经历过、体验过，尽管没能结果，但一点也不后悔。我就是比你们强，我敢说喜欢王香，你们谁敢说？平安你说了吗？我知道你不敢，你老爷子不愿意，想让你一心去考学。王武你说了吗？你光闷到到心里，有什么用呢？现在我还是说‘王香，我爱你。’爱一个人，就要大胆地表白，这难道有什么错吗？”

说完张山环视四周，情绪高涨。大伙儿都望向王香，而王香只是抿着嘴笑。

这场同学聚会，除了王香和王武没醉，其他人都喝多了。

聚会结束后，王香单独把王武喊到一边，深情地说："我知道你当年很喜欢我，我也喜欢你，喜欢你的才气，我知道你早晚会成功的，可是你为什么没向我表白？"

王武说："我不敢，我知道你吃商品粮，咱俩地位悬殊！"

王香说："我到北京后，一直想着你，想嫁给你。可是，三十年前的一天，我跟咱班同学甄怀在北京邂逅。我问到你时，甄怀说你结婚多年了，孩子都上小学了。所以，我才找个人嫁了，可是，我今生想嫁的人是你呀！"

王武瞪大了两眼："甄怀这不是说瞎话吗？我至今还单身呢！"

王香身子一震："你至今还是单身？"旋即又问，"甄怀呢？"

王武说："十年前就去世了！"

王香眼圈发红，自言自语："甄怀早就该死，太坏了！"

平安的大学

1986年，复读两年的平安终于考上了大学，尽管是本科院校的专科，但毕竟跳出了“农门”，也不枉寒窗苦读十余载。

平安的大学在省城，去报到的时候，父亲不厌其烦地嘱咐平安，让他一定要注意自己走路时脚脖子部位发出的嘎巴嘎巴响声，好不容易考上学，别再因为这个原因，一查体给刷下来，岂不可惜。听平安高中的老师讲，有一所大学的系主任就因此受了处分，他负责的学生档案里的查体单显示一切正常，实际上那个学生是一名残疾人，系主任把关不严，学生也被开除了。

找到宿舍，平安爷俩第一个进去，占了个下铺。平安晚上睡觉不老实，睡上铺怕掉下来摔着。这不是杞人忧天，平安七八岁时，晚上睡莽撞了，从床上掉下来，一头磕在泥尿盆沿上，离左眼1厘米的地方划破了个口子，出了血。可能是平安本能反应护了一下，也可能是老天保佑，没有伤到眼睛。当时是深夜，母亲赶紧烧了火纸，把纸灰抹在平安脸上，止住血。第二天不流血了也没再去医院。好了以后，平安脸上留下了一个三厘米长的疤瘌，怪难看的。

学校一切安顿好后，父亲便急着赶回去。把父亲送出校门，望着父亲佝偻的背影，平安暗下决心，一定要专升本，奔个好前程。

一

大学生活开始了。

首先是为期两周的军训。同学们一到操场，操场便热闹起来。号令塞满角落，喊声此起彼伏。激情活力四射，青春生机无限。挑战从容面对，军人风采初现。军训间隙，教官让学生围成一圈，唱歌、做游戏、讲故事。置身于这样的环境，平安就像做梦一样，后怕假如自己没考上大学，还在复读的队伍中。那时只要没考上大学，学校大门永远为你敞开。什么时候毕业？直到你考上为止，除非你自己不愿意复读了。

当时平安大学一年一年也考不上，高考体检时，竟连查体的医生一见平安就说："怎么又是你，你去年来过，不对，来过好多次了。"羞得平安想找个地缝钻下去。这不怨人家不会说话，就怨咱五官突出，又黑又丑，还有络腮胡子。全县这么多高考生，隔了这么长时间，人家一下子认出你来，而且说得那么准，足见对你的印象有多深。

往事不堪回首。平安搓搓脸，摇摇头，自己现在真真切切是在大学校园里。我考上了，我是考上了，我真的考上了，我庆幸我在军训中。平安心里默念道。

晚上开班会，班主任宣布班委成员，没想到平安被任命为副班长兼文艺委员。平安心想，可能是档案里自己填了当过班长，自己之前学校又是省重点高中，班主任才有此任命的。

宿舍里一共有 7 个人，平安的上铺是陈法，他个子不高，不胖，细声慢语，俊美秀气，不用担心他把床压塌了。另外，还有李刚、孙武、蒋美丽、吴用、王山，按年龄平安是老大，王山是老七。

会画画的蒋美丽不知从哪儿弄来一幅竹林七贤图，挂在门的上方，给宿舍起名“七贤阁”。

同宿舍的“七君子”很快就熟了起来，每天晚上睡觉前总有聊不尽的话题。为了活跃气氛，平安提议每晚由一个人讲一个自己家当地的段子，一周一个轮回，周末评选演讲冠军。看谁让人笑的时间长，看谁讲得最精彩。来自天南地北的室友，绞尽脑汁、搜肠刮肚地寻找素材，谁也不甘落后。大伙儿时而沉默，回味无穷；时而大笑，快乐无边，带着幸福和满足入眠。这顿文化“大餐”，让他们了解了不同地方的风土人情，促进文化交流，也增添了生活乐趣，还能练习演讲技能，留下难忘回忆。

这期间平安入老乡会，报各种社团，还成了系学生会文艺部副部长。

到了周末，老乡们相约去登山。为了显摆显摆，大家就戴上校徽。校徽可是“××大学”字样，看不出本科专科。刚开始的时候，平安觉得自己是个大骗子，心发虚，不自然，但看到人们投来羡慕、崇敬的目光，也就习惯成自然，举止大方起来。比上不足，比下有余，爱慕虚荣，自己好歹沾了点边，不算冒牌货。

一路上老乡们有说有笑，有吃有喝，既浏览了风景，又增进了友谊，何乐而不为？

周末晚上学校还举办舞会，平安是学生会干部，又是大一师弟，样样往前冲，忙得满头大汗。一闲下来，他也想跳舞。虽然不会，不是可以学吗？这样的好事谁不蠢蠢欲动。

看着别人如行云流水一般翩翩起舞，平安羡慕不已。一曲舞罢，一曲开始，好几轮过去，没有人邀请平安。平安干坐在那儿，怪尴尬的。突然有女生径直朝平安走来，激动得平安刚想站起来，没想到与对方擦肩而过，原来人家有目标。幸福不会从天降，天上不会掉馅饼。不能干等，要主动出击。男人要有绅士风度，几轮下来，平安终于鼓足勇气，邀请到了一位美女。

头一次近距离和美女接触，平安的心里就像有只小白兔在跳，颤抖的手一摸在女孩的后背上，他从来没有接触过如此美妙的东西——如此柔软！如此顺滑！如此熨帖！他感觉自己瞬间被点燃了、被融化了。平安浑身发热，鼻子上沁出了汗。不能想入非非，平安不停地警告自己，克制自己。尽管时不时踩到美女的脚，但美女的热心让平安放松下来，慢慢也就跟上步伐了。平安闻着美女身上的芳香，陶醉了。跳舞也没什么了不起的，不就是在音乐中散步嘛。不过平安还是格外小心，紧盯着美女的脸，小心迈步，唯恐美女粉脸微怒，那自己就丢人了。不过还好，美女仅仅皱了一次眉头，平安飘飘欲仙起来。还是城里好，乡下哪有这等好事，既高雅又舒心，还能抱抱美女。平安也骂自己的龌龊，不能玷污美女的纯洁，不能脏心眼子烂狗肺。曲罢终了，平安一个劲儿地说着感谢话，恳请对方下次还当他的老师。他还想问美女的名字，美女只是笑笑，走了。

二

学校举办篮球赛的通知下发了，系里很重视，安排专人组队。经过层层筛选，平安被选上了。说来真巧，这个队长和平安之间还有点渊源。那是放寒假的时候，队长回高中母校打球，遇到了当时还在上高中的平安。他一见平安打得好，就说你报我们学校吧，去了一块打比赛。这不，还真让他说准了。

为了取得好成绩，系里聘请了教练，篮球队固定专门时间进行训练。每天下午训练的时候，跑道上总会准时出现一个女生。她上身穿蓝色半袖运动衫，下穿白色短运动裤，脚蹬一双白色跑鞋，头戴发夹，身材苗条，肤色白皙，模样俊俏。她的一举一动左右着人们的视线。她跑起来，马尾辫一上一下跳跃着，成了一道流动风景线。每当她跑过来，队员们不由自主停止活动，目光跟随她的脚步。万一哪天她没来，队员们就牵挂起来，她干什么去了，别出什么事？没她就会觉得生活少了点什么，也不能安心活动了。哪个少女不怀春，哪个少男不钟情？

周末系里还安排他们去军营进行友谊比赛。虽说是友谊赛，但比赛很激烈，上来就真刀真枪干。平安上篮时，一名“战士”快马杀到，进行阻挡。平安落地时，硬是从他闪开的地方落下，重重地摔在地上，好长时间才起来。那是合理对抗，当然不是故意的。

到了比赛那天，“系花”都去加油助威。看到美女，平安浑身充满了力量。闪展腾挪，假动作逼真。也是出奇，平安手感好极了，怎么投怎么进，博得阵阵掌声。当对方后卫组织进攻，看了一眼小前锋，准备向他传球时，正防守的平安瞄准这个时机，做出准确判断，一个加速急反跑，几乎在篮球落入对方手中时，把球抢到手中，接着迅速一个三步上篮，打板入筐，帅呆了。那些女生大声欢呼，就像自己赢了一样。有这样的发挥，不用说，平安他们取胜。

结束的时候，美女们看平安的眼神都变了。平安还享受到女生晾好的开水，递来的洁白手帕呢。女同学们那个热乎劲儿，就像崇拜英雄那样，别提了。

三

平时下午没课的时候，平安就参加一些文娱活动，打打乒乓球，跳跳交谊舞。经常参与活动的还有平安的高中女同学黄云，他俩考上了同一所大学。刚上大一的时候，为打发时光，平安经常和黄云散步，有时骑车载她遛弯。虽然两个人没有明确关系，但朦朦胧胧都有那个意思，只是没说透而已。平安总觉得对方有一些地方不合自己意，幻想以后可能会遇到个更好的。有时候后半月没饭票了，平安就去找黄云要，黄云总是红着脸、咬着一绺细发，羞涩地把准备好的一摞饭票塞给平安，转身跑了。而平安连声谢谢也不说，接过就走，心终究不在她这儿。

学校运动会开始报名了，各班都非常重视。既有奖金，还能博得女生喝彩，平安想抓住机会露露脸。在班长的鼓动下，他报了 200 米跑。平安认为区区 200 米，应该很轻松。为了拿第一，平安提前进行训练，但一没强度，二没氛围，效果可想而知。比赛时，平安穿短裤背心，脚踏钉子鞋，潇洒地热身、试跑。看那架势，和专业运动员似的。他还不忘和啦啦队互动，想象着自己像英雄一般凯旋。可真跑起来，就不是那个样了。跑 200 米比的是体能、耐力和速度，不是随便跑跑的，要掌握好基本动作和技术，没经过专门训练可不行。平安不会弯道加速，步伐节奏也被打乱了，呼吸急促困难，两腿不听使唤，勉强冲到终点。四个人里他得了第三，害得女生白加油半天，那个失望劲儿。平安自以为英雄，实际是狗熊，大草包一个，还好意思要掌声。平安耷拉着头，灰溜溜地走了。他来到教室，趴在桌子上，感觉天旋地转，忍不住吐了起来。吐完才觉得好受些，他静静地待了好长时间，起来的时候，腿肚子还抽筋，艰难地回到宿舍。过了好几天，他的腿还痛，行走困难。那是平安平生第一次参加运动会，也是他唯一一次参加运动会。

四

班上平时不修边幅的陈法突然爱打扮起来，西装革履，皮鞋锃亮。每次上教室，他总是拿出镜子，把头发梳得油光可鉴，而且逢人便笑。大伙儿都觉得这小子一定有了好事，要不一贯邋遢的他，怎么会如此讲究呢？

一个星期五的晚上，一贯吝啬的陈法要请同宿舍的人喝酒。

舍友们无功不受禄，非要让他说出个所以然来。陈法羞涩地说他明天要去接女同学来宿舍，让舍友们给他腾出地方。

星期六，陈法早早起床，洗漱完毕，兴冲冲到车站接人。舍友们吃了人家的嘴短，早饭后就出了门。

舍友们晚上回来的时候，没想到看见陈法在床上睡觉，还不住地叹气。

“怎么？见了女朋友，累成这样啦？”平安和陈法开起了玩笑。没想到陈法猛地用被子盖住脸，平安愣了。

事后才知道，陈法去车站没接到人。舍友们都笑话他：“陈法，陈法，陈旧的法，过时的法，能中用吗？怪不得连个人都接不到，脑子让驴给踢了？”

不死心的陈法给女同学寄了好几封信，天天焦急地等着。终于有一天女同学的信来了，他才知道当时的情况。

原来女同学一下车，随着人群走出来，没见到陈法，就找到了他学校，但左等右等不见陈法，就回去了。而陈法在车站傻等到一辆车也没有的时候，才回到学校。在车站的时候，他们谁也没认出对方来，你说熟还是不熟？

后来，他们鸿雁传书，陈法成了传达室的常客。

一天深夜，平安起来方便，看到上铺的陈法正在用手电筒看信，还偷偷笑个不停。怪不得陈法早晨起不来，原来每晚都沐浴在爱河里了。

吃一堑，长一智。可能是他们有了接头暗号，女同学第二次来，陈法很顺利地接上了。

大家一看，女的高男的矮，女的俊男的丑，真是一朵鲜花插牛粪上了。他俩的结合太不可思议了，真不知这个女同学相中了陈法什么？

以后，陈法的女友经常来平安所在的学校，害得平安他们几个舍友周末就像打游击一样东躲西藏。陈法说好请酒也不请，重色轻友。

五

全民经商的浪潮席卷了整个校园，各种小生意应运而生。有照相的，有早餐代打稀饭的，有维修电器的，有卖电影票的，有办培训的，有推销资料的，有卖生活用品的……见得多了，平安也萌生了做小生意的念头。平安从批发市场进了一批贺年片，在学校附近摆摊零卖，赚个差价。一开始摆摊的时候，平安有点不好意思，觉得难为情，离自己摊位远远的，唯恐让熟人碰见，有人问才过来回答，来也匆匆，去也匆匆。一连好几天，他一张也没卖出去。怎么办？平安戴好校徽去师范、卫校等中等专业学校周边卖，终究还是放不下架子，有种优越感。万事开头难。平安敲这扇赚钱之门的时候，手上攥着汗，心儿咚咚跳，默念着芝麻开门，门不开直想跑掉。终于开门了，他笑脸相迎，慢声细语，亮明身份，反正不达目的不罢休。开弓没有回头箭，功夫不负有心人，平安终于开张挣了第一桶金。

想想也真不容易。为了那几个铜臭钱，降低身份，低三下四，耐着性子，好话说尽，服务到家，吃闭门羹或被人撵出来，是常有的事。更有甚者还甩脸子，冷嘲热讽，那个被看不起的滋味实在不是一般人能受的。为了赚钱。平安有时赶不上饭食，只好买点面包充饥，饱一顿饥一顿，但这也是一种考验，一种锻炼。

处理完剩余货物后，尽管挣了不少钱，但平安决定不干了。生活也体验了，学生毕竟要以学业为重，自己又不缺钱，没到要饭的程度，不能再让人看不起了。

六

“老大，李刚摔了一下，在市中心医院住院呢。”这天早晨，陈法看到平安，急促地和他说道。

“噢。”平安只是简单地应了一下，便匆匆地走了。到了中午吃饭的时候，陈法见到平安又说了一遍。

“你知道吗？李刚住院了。”

“到底怎么回事？”平安关切地问。

“被摩托车撞飞了，摔断了右臂。”陈法说道，“我以为你早知道呢。”“我哪里知道？我又不是神仙。”平安有点叫屈。“我早晨告诉你，你一点反应也没有，仿佛说的人和你无关。我还觉得怪惊奇的。都知道你俩很要好，我以为一说你会很着急的，可是一点儿也没看出你急来。看上去你一点也不关心。”陈法带着一脸的疑惑说道。“呃，是吗？我可能没听清。”平安连忙替自己打着圆场。

平安和李刚关系不错。李刚家庭条件好，他爸是县里的卫生局长。李刚会吹口琴、笛子，弹吉他，歌也唱得好，是班里的活跃分子。他恃才傲物，班里能入李刚法眼的人不多。可能是看平安年龄大比较成熟，篮球打得好，艺体不分家的缘故，李刚倒是愿意和平安经常交流，乐于听从平安安排。他俩关系好到什么程度，可以说平安指哪李刚打哪。他俩吃饭时也分工明确，这顿你打饭，他打菜，下顿换过来打。由于家庭条件不一样，还是李刚打菜的次数多，而且饭菜质量高。

想到这，平安自责起来，赶忙请假去了医院。找到李刚的时候，李刚可能是车祸受了惊吓，抑或见了亲人，竟然哭了。平安连忙安慰着李刚：“好了，好了，没事了，这还不是万幸。有我呢，不用怕。大难不死，必有后福。”说着的时候，平安鼻子一酸，眼里泛起泪花。

安全大于天。李刚不幸出了车祸，引起了班主任的高度重视，班主任为此专门开了一次班会。

“我说过多次，危险无处不在，要时刻把安全记心间。周末少出门，要以学业为重，专科不是终点，你们还要有更高追求，争取专升本。你们就是不听，这不李刚一出门就出事了，幸亏事不大，你说要出了大事，先别说责任谁来负，就说当家长的有多痛苦？一条活生生的人命没了，白发人送黑发人，一辈子的折磨，对方赔再多的钱有什么用？该死的肇事者。家长把你们抚养大多辛苦，同学们一定要好好珍惜自己，保护好自己。”不知怎么，班主任声音凝噎了。

“大家都是成年人，好歹都分得清，利害都拎得清。不听老师言，吃亏在眼前。别以为大学是青年疗养院，还不到时候，如果做了不该干的事，荒废了学业，到时毕不了业，有你们的好果子吃。大家千万别让家人牵挂，别让老师担心。做人要为别人着想，对自己负责。做一个高尚的人，一个纯粹的人，一个有道德的人，一个脱离了低级趣味的人，一个有益于人民的人。”班主任语气沉重，言辞恳切，语重心长，说得动情，让大家动容，理解了班主任的良苦用心。后来大家才知道班主任的女儿也是出车祸去世的。

一连十几天，平安来医院伺候着李刚。有平安在，李刚就觉得有了依靠，什么苦也能吃，什么罪也能受。看着消瘦的平安，李刚备受感动，患难见真情，这个朋友我交定了。李刚心里无数次地想着。

李刚的爸爸最后也知道了他出车祸的事，专门到省城请了和李刚同宿舍的“七君子”吃饭。为了让大伙尽兴，不受约束，李刚的爸爸一是感谢同学们照顾，二是祝愿同学们学业有成，然后喝下了两杯酒就走了。后来，整个房间上空都被酒肉炒菜的香味笼罩了，他们多少次没有这样开怀畅饮了；多少次没有这样肆无忌惮了……

那顿饭是迄今为止平安吃的最好的一回。

七

元旦联欢会就要到了，平安宿舍的人都鼓励平安当主角，不要让班长抢了风头。班长经常吆五喝六，指手画脚，发号施令，同学们看不惯他高高在上、心术不正的做派。既然是联欢会，主角就应该是文艺委员，没班长什么事。平安果然不负众望，从节目选编到排练，他组织有序，安排合理。尤其是舍友们也带了好头。大家也是珍惜机会，把自己的才华展示出来，毕竟这是大家离开家乡在外地过的第一个元旦。平安忙前忙后，就是为了让晚会给大家留下美好记忆。

元旦联欢会正式开始了。同学们的表演非常给力，博得阵阵掌声。主持人平安妙语连珠，风光无限，舍友们也投来信任、支持的目光。眼看就办成最成功的联欢会，没想到系主任、系党支部书记突然推门走了进来。平安带头鼓掌欢迎领导的到来。掌声停下以后，平安叫不上领导的名字，觉得自己的手脚像是被人绑住一样，一点都放不开。平安呆呆地站在那里，系主任用鼓励的目光望着平安。平安张了张嘴，一句话也说不出。全班同学都替平安捏把汗，怎么圆这个场，平安求救似的望着同学们，恨不得找个缝钻进去。什么临场应变能力，什么应急预案，你的灵活聪明劲哪里去了？因为不知道领导的名字，他一直在考虑领导叫什么名字，如果直接说显得不尊重领导，把自己的思路堵在那里。归根到底还是准备不充分，考虑不周全。唉，关键时刻掉链子，真是扶不起的阿斗。平安啊平安，你什么时候才能漂亮地完成一件事，才能不留一点遗憾？这时只见班长站了起来，大声说："我们系里两位领导在百忙之中抽出时间来参加我们的晚会，看望大家，这充分体现两位领导对我们的关怀和高度重视，让我们用热烈的掌声请两位领导给我们讲话，大家欢迎！"会场再次响起雷鸣般的掌声，舍友们也望着呆若木鸡的平安，表情极其复杂。平安啊，平安，自己不行，别人谁也救不了你。和班长争，和班长斗，受别人的蛊惑，自己没有主心骨，不丢人现眼才怪。

八

看着陈法天天幸福得不得了，平安也考虑起自己的个人问题。终身大事不能太将就，虽说有黄云也挺好的，但平安下定决心去寻找自己的幸福。他千方百计打听到之前舞会上遇到的梦中情人，她叫郭华。

平安制造机会和她见面，图书馆，舞蹈室，合唱团，哪里有她哪里就有平安。这天郭华训练完突然下雨了，她一出门，忙把书籍挡在头上准备冲进雨帘。这时平安拿着雨伞出现了，他毫不犹豫撑起雨伞，为她挡风避雨。她莞尔一笑，接受了这一举动。平安激动极了，真是天公作美，让雨来得更猛烈些吧，这样我的重要性才更可贵。路再远些吧，走得再慢些吧，最好是走一辈子才好。他觉得路上同学们投来的都是羡慕的目光，平安就像英雄救美那样，自豪感、成就感满满。只可惜回教室的路太短了，平安还没有走够呢。

从那以后，平安的心就放在了她身上，全程跟踪她。有时在超市，有时在餐厅，有时在电影院，哪怕是她的一个微笑，一个眼神，一个招呼，只要让她看见平安就行，否则平安会神不守舍。

还有一个郭华经常光顾的地方，就是学校的阅览室。只要她去，平安就坐在离她不远的地方守着她。不知什么原因，那个场景，三十多年过去了，平安觉得还是历历在目：在那光线不是很好的藏书屋，一排一排的书架，逼仄的空间。

平安也写文学方面的文章，写完就寄给她，让她指导。每次平安都虚心接受她的建议。她懂音乐，会弹钢琴，平安也自学起了钢琴，尽管是一指弹，但也能弹出世界名曲《致爱丽丝》。每次相处，平安都表忠心。精诚所至，金石为开。在一个星期六的傍晚，公园里，石凳旁，看着涓涓的泉水，触景生情，平安自然地拉过她的肩膀，没想到她顺势把头靠在平安的肩上。平安立即握住她的手，激动得不行。终于成了，平安幸福得不得了。她怎么同意了，不是在做梦吧？

平安当时真是有“春风得意马蹄疾”的感觉，这一步迈得太大了，他激动了相当长一段时间，总感觉不真实，似乎是春梦一场，醒来还是那个光棍汉。成功来得太快，太突然，也给平安增加了无形的压力。这只是万里长征的第一步，以后的路会更长更艰巨。

随后他们感情立即升温，公开了。见多了，人们都说真是一朵鲜花插在牛粪上了，莫非真的是好汉无好妻，好妻无好汉。

而他们二人，嗑不完的瓜子，吃不完的雪糕，看不完的电影，压不完的马路，说不完的话语……

平安周末就到她的宿舍吃饭，甚至有时周末平安不起床，她还打好稀饭亲自端给平安呢。平安成了世上最幸福的人。

该来的终于来了。

这天又下了晚自习，平安等同学们走了后，便约她到了平安的教室内。平安和她手拉手，屏住呼吸，等查岗人员走了，11点全楼断电后，两个人松了口气，紧紧抱在一起。他们忘记了时间、空间，也忘记了自己。到了凌晨5点，平安把她送出教学楼，幸福地跑回自己的宿舍。

有时平安也天真地问她：“你看上我什么？要外貌没外貌，要地位没地位，要条件没条件，你不会是骗我吧？”“我啊，就看上你这个人傻乎乎的愚劲儿，执着，不达目的不罢休，你可要一辈子疼我。”郭华边说边用粉拳打了平安一下，还故作生气状。

九

平安天天沉浸在温柔乡里，学习成绩可想而知。眼看暑假考试到了，功课落下这么多，怎么办呢？不过平安留了一手。同宿舍的吴用学习好，可他不合群，有点小脾气，小心眼。只有平安慧眼识英雄，觉得他与众不同，不是等闲之辈，平安很尊敬他。有时间了他就请吴用去看电影，每回吴用都答应得很痛快。这是一笔不小的开支，电影票、雪糕、瓜子，看一次就用去平安生活费的一半。平安也不心痛，现喂的老母鸡不下蛋，求人不能临时抱佛脚。

终于到考试那天了，考场上有道难题平安不会，这道题很有可能决定着他这门课的及格与否。监考老师很严，抓住作弊的都会严肃处理。书到考时方恨少，怎么办？养兵千日，用兵一时。平安只好把希望寄托在吴用身上。他瞅准机会把求救纸条传给吴用，吴用过了好一会儿才把纸条递过来了。平安赶紧打开一看，“温馨提示”四个大字映入眼帘，下面写着满满的解题思路。“我要的是答案，温馨提示有屁用。”平安把纸条又递过去然后双手合一求援似的看吴用，没想到吴用看到后置若罔闻，不一会儿他径直交上试卷走了。平安一下子瘫了，这下彻底完了。

考完试后，平安气哼哼地找到吴用，质问他，为何朋友有难不帮忙。吴用平静地说：“我不能害你，要诚信考试，怎么能帮你作弊呢？”“那你也不能见死不救啊，需要你的时候，你竟然早交卷，把朋友抛下，你这样做合适吗？”平安不给吴用好气。

“我不走，你有什么好办法？而且万一被监考老师逮住了，会连累到我。我也备受煎熬，只好一走了之，离开是非之地。”吴用振振有词。“哼，别唱高调了，我算看透你了，你这样的人不交也罢。枉费我多次请你看电影，你一次也没有回请过我，满心指望你从学习上帮我一下，没想到你还是这种人。要不是看着你学习好，谁理你呀？你这人一点儿感恩的心也没有，恩将仇报的小人，咱俩从此一刀两断。”说完，平安手猛地往下一挥。“什么？你怎么想的，还想让我请你看电影？我能和你去就是给你面子，没和你要陪看费就是好的了。还让我请你，你不说我还不生气，我是谁，是一般人能请动的吗？不撒泡尿照照自己。你这个小人，真是个神经病。”吴用的话把平安气个半死，浑身颤抖。他竟这么想，不是神经病是什么？怪不得同宿舍的人大都对他敬而远之，就是从那次同宿舍聚餐，吴用以他没喝酒为由只均摊了菜钱和饭钱开始。“唉，我真瞎了眼，和这样的白眼狼交往。”平安恨透了自己。

“我还违反原则了呢。”吴用说完扬长而去，只留下可怜的平安。

十

放假了，平安担心考试挂科，心神不定地回到了家。果不然，没过几天，大队高音喇叭传来了声音，按名字通知来大队拿信。平安到了以后，见他的信被拆开了，刚想发火，一看是补考通知书，脸腾地红了，赶紧灰溜溜地走了。好事不出门，坏事传千里，回家的路上，有人就对平安指指点点。回到家，平安连睡了三天三夜，睡得枕巾都湿漉漉的。三天不吃不喝，叫也叫不醒，父母以为平安得了大病，吓得不轻。

平安就像变了个人。

不就是补考吗？多大的事。这样的事，不丢人，自己不能垮了，为了年迈的父母也不能倒下。生命中遇到的人和事，都是命中注定的，都是最好的安排，让你吃一堑，长一智。要说也是，人的精力是有限的，干这就干不了那，你光谈恋爱了，享受生活了，爱情学业双丰收的好事还能让你摊上？这也算是对你的惩罚吧。大丈夫能屈能伸，好好学就是。平安开了窍，拿出高考前的劲头备考。

为了不打搅平安，每天平安学习的时候，父母总是外出干活儿，到饭点时再回来做饭。父母嘱咐平安好不容易考上大学，可得好好珍惜。

平安连篮球也不打了。他的当务之急是把这门功课学好。唉，早知今日，何必当初。当初还雄心勃勃准备升本科，没想到一谈恋爱，捡了芝麻，丢了西瓜。别说本科了，他现在连正常的毕业都很困难，别再做白日梦了。

平安玩了近一年，再去学习，枯燥无味不说，关键是更觉知识晦涩难懂，但也没办法，只好犟着头皮硬学，死记硬背也罢，囫囵吞枣也好，反正是行动起来了。遇到不会的题，他真想把课本撕了。把书扔在地上是常有的事，但怎么扔的，再怎么拾起来。再不适应也得煎熬着，罪也得受着。平安每天焦躁不安，度日如年，自己要是有个辅导老师，或是有个同伴，那该多好！平安心想。

那不是做白日梦嘛，家里这穷乡僻壤、鸟不拉屎的地方，谁会来啊？平安马上否定了自己的幻想。

这天过了晌午，他在屋里就听到家门口乱哄哄的，有人不停地说着："到了，就是这里，就是这家。"说完，一行人进了家门。只见这人胡子拉碴，头发呲嘐，不修边幅，憔悴不堪。这是来的哪路神仙？别是领错了门，平安丈二和尚摸不着头脑。"你不认识我了，我陈法。""啊，你怎么成这样了？"任谁也不会把面前的陈法和曾经那个天之骄子、风度翩翩的大学生联系起来。“发生了什么事？快告诉我。”平安焦急地问。“倒霉透顶了，这不上高中时遇到一个理发的，长得很漂亮，就约了她一回，结果她赖上我了，天天去我家闹，闹得鸡飞狗跳，鸡犬不宁。我实在没办法，跳墙跑了出来，这不想到你了。”陈法说了实话。平安忍不住捶了陈法一下。“好小子，深藏不露啊。能惹不能撑，大丈夫敢做敢当，怕什么！躲过初一躲不过十五，遇到事还得想办法解决，躲不是办法。”平安忘了自己的烦心事，竟然教训起陈法来。“能躲一时是一时，对方正在气头上，会闹出人命的。我这也是缓兵之计。能拖多久算多久吧，不过给你添麻烦了。”陈法客气起来。“不麻烦，你能来，是看得起我，同学多了去了，你怎么不去别人家？事情既然发生了，你就安心住下，安全绝对没问题。”平安的话让陈法吃了颗定心丸。来了个免费的老师，有陈法还怕什么补考？平安心里有小九九，心里美滋滋的，真是想什么来什么，哈哈。

父母劳动回来，听说家里来了大学同学，连忙杀鸡宰鸭，用最隆重的礼节欢迎陈法。当天晚饭他们要不醉不休，他俩都需要放松。

“你真行啊，吃着碗里的，看着锅里的。一箭双雕，好事都让你占尽了。”平安边说边拍着陈法的肩膀。

“我也不想这样啊，那是没考上大学的时候发生的，我也后悔。谁不想有个好前程呢？她应该知难而退，不应该死皮赖脸地缠磨我，不同世界的人没有共同的语言，强扭的瓜不甜，我怎么可能和一个理发的过一辈子呢？那可是我一辈子的幸福啊！”陈法说完抹了把眼泪，接着把酒一饮而尽。

“别急，人人都有烦恼的事。你看我吧，也不顺，让补考折磨坏了。”看着难过的陈法，平安安慰他。

“当初没考虑这么长远，就想着如果没考上，和她成了也不错，人长得漂亮，还供着我上学。你说，我这样做是不是太过分了啊？我是不是很坏，没良心。”陈法诚恳地望着平安，期盼着他的答复。

“我哪知道。谁也没办法预料，将来的事只有天知道。自己的事只有自己最清楚，谁做了谁受。”平安想起了自己的她，以后他们俩的命运将会是什么？他不由地端起了酒杯，呷了一口……

陈法的事，平安没告诉父母真相，一来怕父母担心，二来也不想让父母知道。一开始，两人热乎劲儿没下去，陈法还能帮着平安温习功课，两人相处得还行。可时间一长，家里凭空添一口人，实在是件麻烦的事。伺候好了，条件不具备；伺候差了，怕慢待了同学。陈法的到来，打乱了家里平静的生活。还好他就住一个假期，熬吧。终于开学了，平安补考得了 61 分，总算放下个心病。

准备补考的滋味真不好受，平安备战了整整一个暑假，身心俱疲。有了这次经历，平安就能理解那些需要补考的同学了，人的精力有限，管头顾不了腚，不可能两全其美。平安补考通过，很多同学都以为平安走了后门。补考的同学就想着让平安找老师，帮忙让他们过关。平安是个热心肠，愿意为朋友两肋插刀，还真的厚着脸皮去任课老师家里求情。老师表示成绩只要大差不差，会给个面子。同学们以为平安公关很厉害，都央求平安帮忙。不知天高地厚的平安再去老师那儿的时候，老师开个门缝，一看是平安，立马变得严肃起来，“怎么又是你？”老师把门哐地一关，给平安个没脸。

周末的一天，平安约郭华爬山，玩得很尽兴。傍晚到了山下的小溪旁，怪石嶙峋，平安和她找个无人注意的大石上，躺下，享受安静的二人世界。

可能是昨天下大雨的缘故，山涧的水明显多了，吵着、闹着、哗哗地奔跑着。天不时地刮着风，四周没有其他人，混杂的声音忽然让平安有了不祥的感觉，别遇上什么坏人，得赶快离开这偏僻之地。平安赶紧拉起她走了。两人深一脚浅一脚地走着，一有动静，平安心里就咯噔一下。菩萨保佑，菩萨保佑。平安不停地祈祷着，而她光顾着高兴了，哪里有这等心思。

一路上，平安越想越害怕，越想越担心。以前是嫌有人，现在是怕没人。终于看到前方灯光了，平安不安的心才放下来。

幸福的时光总是很短暂。

还有两个月就毕业了，郭华对平安冷漠起来。平安不知哪里出了问题，就是两个人在一块感觉很别扭，不对劲，没有以前心有灵犀的感觉。她仿佛天上的白云，有时摇摇欲坠就在眼前，有时无影无踪消失在天边。好多时候，她欲言又止，仿佛有话要讲；偶尔话里有话，暗示着什么。她不好意思开口讲明白的，因为她知道平安对她的真心付出，万一挑明了，还不知平安会怎么样呢？她了解平安，凭平安的个性，什么事都会发生。平安也揣着明白装糊涂，好不容易逮住的天鹅怎么能轻易放掉呢？两个人就这样拖着，既不说现在，也不谈将来；虽然还是在一块，但貌合神离，再也回不到从前了。这个时候，一切语言都是多余的，毕业分配就像一条横亘在他俩之间长长的鸿沟，无法逾越。只能是过一天算一天，走到哪算哪了。这个问题，早晚得解决。

后来平安想起了一个细节，就是从那天以后，她才有了变化的。

平安不该领着她去父亲打工的工地。

那是什么样的房子，建筑工地上的简易屋，破烂不堪不说，光气味就让人受不了。简易屋里进来两个时髦人，那可真是鹤立鸡群，独冠一方了。当时平安没注意到她的表情变化。平安肠子都悔青了：你说脑子是不是叫驴给踢了，怎么领她到那个地方去呢，这不是自曝家丑吗？

门不当户不对，无经济基础，光天真烂漫是不能解决问题的。将来如何，谁也无法预料，谁也改变不了。还是面对现实，接受现实吧。郭华毕业留城里，平安留不了，只能回老家去。天各一方，本身就是个大难题。

还有几天就毕业了，陈法在洗刷间洗着自己的衣服，独自在流泪，见平安也到洗漱间洗衣服，仿佛遇到了知音。平安边洗衣服边吹口哨，看不到一点痛苦，陈法忍不住问道：“快分手了，你怎么一点也不感到难过呢？分手了不知何时再见面。人都有七情六欲，在这个地方毕竟生活了两年，总得有点感情吧，难道你是冷血动物？”陈法说完，满脸的迷惑。“能没感情吗？你知道吧，前两天我早就哭过了，眼泪都流干了，再哭有什么用？人生就是合合分分，分分合合，又不是让你上战场，啥事都想开吧。”平安说完更快速、更用力地搓起了衣服，那神情既像说给陈法听，也像说给自己听。

晚上黄云专门找到平安，说了一个谜语。“咱相中人家，人家没相中咱；咱没相中人家，人家非相中咱，你说怎么办？请你给我个答案。”

“我，我，我也不知道。”其实黄云要的答案，平安心里跟明镜似的。将来会是什么样，只有天知道。

“朋友你今天就要远走，干了这杯酒；天空是蔚蓝的自由，你渴望着拥有。但愿那无拘无束的日子，将不再是一种奢求，让我们再次举起这杯酒，干杯啊朋友。”

“啊，亲爱的朋友们，让我们自豪地举起杯，挺胸膛，笑扬眉，光荣属于八十年代的新一辈！”

终于到了离别的那一天，喝完分手酒，唱完动情歌，同吃、同住、同学习的七位好友从此一别。

毕业后，平安到了家乡一所小学任教。平安知道，如果他大学最后两年内认真学习，肯定可以到家乡的一所中学任教。平安想起自己的大学生活，欷歔不已。他工作更努力了，他要把在大学里耽误的课程补回来，以便用在教学中。

天道酬勤，平安的教学成绩斐然，后来他被任命为小学校长。

三十年后的一天，平安跟那几位室友在泰山脚下相聚。端起酒杯时，几位室友都泪眼蒙胧。

平安说："三十年前，我们相遇在大学校园。三十年后，我们齐聚泰山，明天上午，我们一起登山，但愿没有掉队的！"

非她不娶

“儿子，什么时候考虑个人问题？真的老大不小了。趁着我还能帮你带孩子，还是快点完婚吧。不孝有三，无后为大啊。”平安再一次给36岁的儿子平凡打电话，言语中透着哀求。

“结婚？我还想再玩两年。”平凡说完挂了电话。平安傻傻地呆在那里，后悔不已。往事不堪回首。

一

“你是平凡的家长吗？这段时间平凡成绩有点下滑，家长有空到学校来一趟，有些事要和你交流一下。”那还是平凡上初三的时候，一天早晨平安突然接到了老师的电话。

“什么事啊？我正忙着呢。”从小对老师反感的平安一接到孩子老师的电话，心里就烦。孩子既然交给学校了，就是完全撒手，学习的事当然由老师负责了。关我什么事？想推卸责任，门都没有，什么事都找家长，还要你老师干什么？

“那等你有空再说吧，平凡近期表现不好，一些情况真的需要找你了解一下。在子女成长道路上，家庭教育也不能缺失，我们也是尽到自己的职责。如果你真忙得一点时间也没有，我们也无能为力。好吧，就这样，有时间再联系，不过还是越快交流越好。不能耽误孩子的前途。”老师说得很客气。

“好，好。有空联系。”平安忙说。老师不卑不亢、有理有据的话引起了平安的注意，别是什么大事？能有什么事？平安也担心起来。

再忙哪有孩子的前途要紧。说是一回事，做是一回事，自己没考上学，吃了没文化的苦，不能让孩子再受二茬苦，再遭二茬罪。放下电话，尽管不情愿，平安还是直接去了学校。

见了班主任，平安上烟："我刚才确实忙，对不住了。"平安不好意思地说。

"我不抽烟。"班主任摆了摆手，表情非常严肃，也可能还在生平安的气呢。

"老师，你说，什么事？我全力配合。"

"是这么回事，平凡突然变得反常了。穿名牌，爱打扮，更重要的是上课魂不守舍，还经常走神，什么原因问他他也不说。叫你来，就是想了解一下情况，找出原因，对症下药，不让他掉队。"

"谢谢，谢谢。老师，他爱打扮我知道。是这样的，我上学的时候，家里老人没钱，一分钱也不给我，知道没钱的难处。现在条件好了，我就想不让自己的孩子受苦。我给他零花钱，让他请同学和同学搞好关系，财散人聚，一定别小气。每次成绩考好了，我还给他奖励，他相中的东西我从没含糊过，总是有求必应。我觉得这是教育投资，尽管我钱不多，但花在孩子成长上，我一点也不心疼。咱不能让孩子犯难，不能让同学们看不起。在培养孩子这点上，我不怕花钱，老师你说是吧？老师你说吧，我全都听你的，我全力配合。"看到老师皱了一下眉头，平安连忙停了下来。

"不用这样，我们商量着来。经过多方了解，平凡现在和另一个班的女生谈恋爱。他现在还不是谈恋爱的时候，人的精力有限，干这就干不了那。现在他成绩明显下降，长此以往，能不耽误学习吗？这个事，我们也是猜测，旁敲侧击地问了一下平凡，他什么也不说。今天找你来，就是通通气，找原因，防微杜渐，斩断情丝，把这件事消灭在萌芽状态。为了孩子的前途，我们不当恶人谁当？当断不断，必受其乱。再说一个孩子知道什么，我们不都是过来人嘛。”

“对对对，是是是。我一定积极配合，赶紧让他悬崖勒马。”平安一听就急了。这还了得，我供你吃，供你喝，要钱就给，从没难为过你，是让你走正道。你还弄出这事，你就不学点好，真给我丢人。浑蛋王八蛋。平安心里不停地骂平凡，情绪也随之变化着。这个急劲儿，要是平凡在跟前，他早一个耳光扇过去了。

“你也别急，这事得慢慢来。这是他期中考试成绩，和以前相比，下降幅度不小。回家委婉地问问他，到底什么原因，好好聊。现在的孩子不是我们那个时候了，逆反心理太强，深不得，浅不得，一句话不合适，就生气了。这年月当老师也不易，说不得，打不得，骂不得。老师的职业良心提醒着我们不能看着孩子学坏。知道不说，是老师的事；说了不改，神仙也没办法。还需要家长多理解，多支持。”班主任把成绩单递给平安，提醒道。

平安接过成绩单，还是习惯性地从上往下看，第 1 名不是，第 10 名不是，第 20 名不是，平安心慌了，再差还能差到哪里去？直到第 28 名才看到平凡，全班总共 43 名同学，平凡是第 28 名。要不是历史、地理、生物、政治这些背的学科分高点，光算语、数、英还不得倒数几名？真是希望越大，失望越大。平安脸上挂不住了，愤怒无以言表。

“怎么这么差！这还了得。放心吧，我一定问个水落石出。”平安信誓旦旦表了态，随手把成绩单装了起来。

晚上平安备足了课，在家等着平凡。没想到左等右等，就是不见平凡回来。

平常这个时候早都到家了。事要反常必有妖，多亏老师提醒。以前晚回来，家长没问过，也没注意过。今天知道原因了，就感觉不正常了。我要好好问问他。

过了一个小时了，平凡还没回来，平安气从胆边生。

“儿子，吃个苹果，这次考得怎么样？”一见儿子回来，平安强压怒火，和颜悦色道。

“爸爸，你怎么今天回来得这么早啊？”平凡一见平时晚归的爸爸今天早回来了，还这么热情，有点吃不消，不由得弱弱问了声。

“是吗？你看我平时对你关心不够，那是爸爸错了。以后我也和你一样按点回来。放了学你一定要按时回家啊。”平安为了下一步好交流，熄住火道。

“不用，不用，不用等我。放了学，我总是再请教老师一些问题。老师平时没空，就这个时间合适。你这么忙，上有老，下有小，咱家全靠你了，你忙就是。我能理解。”平凡说着大人话。

“你真懂事，我没看错你，一定要好好学习，将来还指望你光宗耀祖呢。”平安向儿子投去了信任和期盼的目光。

“你放心吧，我一定会的。”平凡边说边向自己房间走去。

“你给我站住，还没回答我问题呢，到底考得怎么样？”

“还行吧，我发挥了正常水平。”平凡站着没动，还是想回自己的房间。

“什么是还行？到底是多少名？”

“多少名？早就不让公布成绩了，那是学生的隐私，老师不公布的。问也不说。”平凡想蒙混过关，也有点不耐烦。

“不公开，问自己的还不行？”平安忍不住喊了一声。

“俺老师最好了，从不做违背教育政策的事，说保密就保密。问不出来，我也没办法。知道不知道成绩，我都会好好学的，将来还要实现你的理想，为你争光呢。”平凡说完两手合一，不等平安说什么，转身进了自己的房间，随手把门锁住了。心急喝不了热粥，走马看不了春秋。这事得从长计议，不能要么不管，要么管死。现在还是放放，缓缓，慢慢来吧。平安心想。

二

有这一回，平安也上了心。人整天忙忙活活的，到底为谁幸福为谁忙？不都是为了孩子吗？孩子的事是天大事，现在不管不顾，将来后悔莫及。

这天晚上，平安提前到了校门口，找个僻静的地方藏起来，等着儿子放学。看看他的状态，掌握第一手材料。没有调查就没有发言权。

下晚自习了，门口一下子涌出很多人。保安全副武装，凝视着长长的队伍走出门口。现场井然有序。

左等右等，儿子终于出来了。那个气势可真足，儿子穿着开领的夹克，小分头梳得油光可鉴，前呼后拥，好不威风。妥妥的黑社会老大。呵，他还拉着一个女生的手呢！看那亲密程度，已经不是一天两天这样了。大庭广众之下，不知害臊，成何体统！这个年龄段就谈情说爱的女孩，一定是不学好、不正经、不三不四的坏孩子。平安对这个女孩没一点好感。

门口等孩子的家长只是伸长脖子，寻找着自己的孩子。与自己无关的人和事，大都视而不见，抑或习以为常、见怪不怪了，除了熟人注意，谁去注意这个。

我的乖乖，真会伪装，平安做梦也想不到平凡是这身打扮，和在家里的温顺形象大相径庭。要不是亲眼所见，还不知道被他蒙蔽到什么时候。

平安一路跟踪，想探个究竟。好小子，放了学，不回家，你还和他们吃冰激淋，还是你付钱。看看你身边都是些什么人，给这些小杂种花钱，值吗？那可是老子的血汗钱，我挣钱容易吗？你就是这样加班加点“请教老师问题”的。

平安气哼哼地回家了。在房间里踱来踱去，思考着对策。打蛇打七寸，挖树要挖根。机不可失，时不再来。这次一定干净彻底地把问题解决好。

终于等到了平凡。

“这么晚才回来，请教老师请教到这时候。人家老师不嫌烦？”平安一见到平凡就熊起来。平凡也习惯性地低下头，一副做错事的样子。

咦，刚才的威风哪里去了？小分头也不见了，和在学校见到的平凡判若两人。敢情是这小子回家来还要变装啊。要不是眼见为实，再强的想象力也想不到他前后有这么大变化。

“说，到底干什么去了？”平安熄着火问道。

“问老师题了。”平凡小声回答着，小心地看着平安的脸色。

“再想想，说实话。我什么都知道。”平安又大喝一声。

“我，我，问完老师后，有个同学病了，我去送同学了。”平凡眼珠不停地转动，脑子飞速寻找着借口。

“快说，不说实话，今晚饶不了你。”平安提高了声音，还扬了扬手。

“我，我，我……”好长时间，平凡说不上来。

“快说，老实交代。”平安有点歇斯底里。平凡只是低头，想蒙混过关。

“啪！”一声清脆的耳光响起。随即平安面目狰狞，左手抓住平凡的领子，右手使劲捅着平凡的胸膛，边打边吼“说不说”，直打到平凡倒退到墙根说话为止。

“我错了！”

望着捂着脸，蹲在地上哭泣的平凡，从来没这样打过孩子的平安心疼不已。开弓没有回头箭，这实在是没有办法的办法。平安也感谢这堵墙，要不是它拦下人来，那要打到什么时候？平安心里直发毛。这一次不来点狠的，下手不重一点，扭不过儿子这个弯来，等长大了，学坏了，就晚了。养不教，父之过。咱不管，没人替咱管。该做恶人就得做恶人。自古棍棒出孝子，严师出高徒。平安不停地给自己壮胆，打气。

平安点上烟，把打火机扔在茶几上，猛吸一口，吐出个长长的烟圈来。

“说吧。再给你次机会。这说了，也算坦白。”

平凡抬头看了看父亲，欲言又止，低下了头，一副可怜兮兮的样子。

“为什么考得这么差？放学后干什么去了？说！”平安猛地站了起来，用手指着平凡。

“我，我，我找了个女朋友。”平凡一看没退路，不说实话不行，便吞吞吐吐交代起来。

“这还差不多，别以为我不知道，全都交代了，争取宽大处理。”爸爸态度明显缓和起来。

“爸爸，你还记得那次冯叔来，你说过的话吗？”

“什么话？什么时候？没印象了。”平安没好气地回答。

“就是那次冯叔来，他儿子上技校，谈起了恋爱，他很苦恼，向你请教有什么好办法。你留下他吃饭，我也参加了的那次。”

“噢，想起来了，是有这么个事，我都说了些什么？”

直觉告诉平凡，爸爸不生气了。平凡打开了话匣子。

“你俩多年不见了，你盛情款待，席间冯叔说了孩子的事情，问你怎么办。你说，这个年龄段情窦初开，感情最真诚。既然有这个想法，你不能挡，得让他们随心所欲，心想事成，开出一朵美丽的花来。这件事，是好事。咱别急，引导好了，不光不耽误学习，还能促进学习。你得知道，现在娶个媳妇有多难，孩子有这个本事，咱应该高兴才是。别像咱俩当初一年年地找不上，耽误小孩们成长啊。穷人的孩子就得早起步，要不将来娶不起。”平凡的脑子真好使，平安说过的话早已忘记，而平凡却模仿着爸爸的声音和动作，学得惟妙惟肖，有鼻子有眼，和真的似的。

“是吗？我当时是这样说的？我心眼就这么坏，思想就这么差？”平安脸红了。

“就是，你看还是贵人多忘事吧。明明就是你说的，你还不承认，你再想想。”平凡努力地帮爸爸回忆当时的场景。

“噢，有点记忆了。”平安摁了一下太阳穴，声音明显低了很多。

“你还说，这样多好，孩子真懂事，现在就会谈恋爱，帮父母分忧解难，还不花钱，大人得省多少事，要是再有了爱情的结晶，就更省事了。这是好事，得鼓励。说完你还鼓起掌来。你说得冯叔光笑，来的时候愁眉苦脸，走的时候兴高采烈。”

平凡看了爸爸一眼，见爸爸沉默不语，脸色也好看了，说得更起劲了。

“我那时就记住了，我也想为你分忧解难，我先谈下一个，省得让你老操心。从小你就教育我不骗人，要做个诚实的人，要听家长的话，不听老人言，吃亏在眼前。你看，我多听你的话，我做这些都是为了减轻你的负担啊。”说到动情处，平凡还想向爸爸邀功。

“好了，我的傻瓜儿！”平安给了平凡当头一棒。

“那是对别人说的话，你也当真？我说的是反语，你怎么听不出来？再说别人的事和我们无关，我们不负责任的，摊在自己头上怎么行？”平安懊悔不已，当时随便说的一些话，没想到说者无意，听者有心。真是搬起石头砸了自己的脚，害人害己啊。

“怎么？你这不是骗人吗，你们可是好朋友，你怎么这样对待朋友？”平凡愣在那里，有点不理解。

“等你长大了，就知道真假了。那都是玩笑话，人家冯叔也不会当真，只会一笑了之，该怎么做还会怎么做的。

“你看你的成绩下滑，主要原因就是这个。现在还不是谈恋爱的时候，现在才到哪？未来什么也不确定。不同的年龄段有不同的任务，和收庄稼一样，一茬又一茬，过了这村没那店。时光不会倒流。不同的平台，不同的人选。上了大学，多的是高层次的人供你选。一个小毛孩子乳臭未干，知道什么是爱情？现在不集中精力学习，将来会后悔一辈子。再说好好学，还不一定能学好。一定不要再谈了，否则停止一切零花钱。再谈，我砸断你的狗腿。听见了吗？”

“听见了。”看着又想发怒的爸爸，平凡小声回应道。

三

在平安的严管下，平凡倒是听话。平安也跟踪了几次，发现儿子与那个女孩也没有一起出现过了。为了及时提醒自己，平凡还在左手腕上写上大大的“忍”字。一切向好的方向发展，平安放下心来，又忙起自己的生意来。

中考成绩下来了，平安问平凡考了多少分，平凡说考了 600 多分，高兴得平安当场奖励平凡 1000 元，还破天荒地在家喝起了酒。平安刚做了个大手术，医生不允许喝酒。一连几天，平安出门要是遇到参加中考的同学家长，热情极了，主动问对方考得怎样，当听说对方孩子考得不好时，还鼓励他们，安慰他们，言谈中透着满满的自豪。这个平凡真给老子长脸，假以时日，将来一定能考个好大学。

平安到处吆喝，周围人都知道平凡中考考了高分。要不是班主任打电话告之平凡考试的真实成绩，平安还不知要被瞒多少天。怪不得平安在吹嘘时，有的家长露出异样的神态，有的家长还欲言又止。得意忘形的平安哪里会注意这些细节呢？落差太大了，平凡哪儿来的胆子敢造谣？要知道，纸里包不住火，这样的事早晚露馅啊。平安深深地自责起来，没影的事天天显摆，丢尽脸了吧。这个孩子真不可救药。平安的肺都快气炸了，逮住平凡就是一顿猛揍，打得平凡哭爹喊娘，坦白从宽。平安以为他俩没联系了，没想到还暗中来往，平凡让她害惨了。

打归打，气归气，还是得管啊。平安托人花高价让平凡上了私立高中。平凡做了保证，决不和她再来往。

每天晚上放学，平安雷打不动地接平凡，到了关键时候，他要尽最大努力为孩子助力，再也不能放手不管了。在孩子成长的道路上，家长最大的贡献就是陪伴。

平凡的学习和生活慢慢走上了正常轨道。

到了高三，平凡成绩提了上来，还拿过全年级第一。平安暗自高兴，但他不敢和上次那样到处张扬，只是偷着乐；实在忍不住了只和几个要好的朋友分享，“我也扬眉吐气了，等着瞧好吧，到时候喝孩子的喜酒。”没想到，平凡高考成绩一出来，竟是出奇的差，连三本也上不了。羞得平安把手机关了。怎么回答人家的关心。叫你吹，叫你不接受教训，疥蛤蟆过门槛——蹾腚栽脸，自找难看，活该！平安不停地骂着自己。

这天，平安下楼想散散心，但走了几步，没一点心情，就顺势坐在楼拐角处的台阶上，点上支烟，不时地唉声叹气，抓耳挠腮，一副愁眉苦脸的样子。正好小区内有位认识的妇女路过，妇女一见平安，就停下来打听平凡的成绩。心情不佳的平安翻了下眼皮没有回应，没想到妇女高声又问了一遍，仿佛多关心似的。这一下惹恼了平安。看不见这里正难过吗？平常见面连招呼也不打，现在像是关系多近似的，想看我的笑话吗？恼了的平安猛地站起，大声道："咸吃萝卜淡操心，你关心这个干什么，关你什么事？"说完看也不看她，径直走了，身后甩下了目瞪口呆的妇女。

有了这次经历，爷俩都不出门了，憋屈在家里。不在沉默中爆发，就在沉默中灭亡。

这天，平安冲进平凡屋里，直接发怒了。

"你让爸的老脸往哪搁？周围人都知道你学习好，按你平时的成绩，你就是合着眼也不能考这么点分啊！你说说，到底因为什么？发挥失常？晕场？没睡好？生病？"平安敲着桌子问。

"不缺你吃，不缺你穿，不缺你花，从没难为过你，考到这个样，你说你对得起谁。你总得给我一个交代吧。"平安挥舞着右手，不停地伸向平凡，仿佛和平凡要着什么。失望有多大，气就有多大。平安一吐为快。

平凡用胳膊肘支撑在课桌上，双手捂着脸，一动不动，一声不吭。

"你说话啊，你也老大不小了，我不会再打你了，打也打不过你了。但是你要明白一个道理，凡事总得有个结论，考差了不可怕，只要不灰心，不放弃，不过是从头再来。但是要找出症结，才能克服，才能往前进啊。你怎么一点也不急呢？"平安边说边拉开平凡的一只手，看到了满脸是泪的平凡。见此情景，平安惊呆了，泪水夺眶而出。

抹干眼泪，平安拿个凳子，在平凡身边坐了下来。爷俩进行了长谈。平凡哭着道出了实情。

“我和那个女的始终没分开。我俩高中不在一个班，是邻班。每次上课前，我们总是站在紧挨的门口，要么说些鼓励的话，要么互相看一眼，互相投来信任的目光，这成了习惯动作。有时见不了她，我就会分神，就会心不在焉，就会想多了。她会不会变心？她出事了？还是其他什么原因。我和她有个约定，都要好好学习，一起考上大学。高三下学期，我成绩好，那都是我抄的。我爱慕虚荣，为了拴住她，就得有一个好成绩，就这样一路抄过来了。她长得不漂亮，我也说不上来她有多好。她就是爱笑，为了她那莞尔一笑，回眸一笑，就算是要上刀山下火海，抛头颅洒热血，我都会赴汤蹈火，在所不惜。我俩注定一辈子不离不弃，我一辈子爱她。离开你，我能过；离开她，我一霎也不行。快高考了，我俩闹了点意见，我更是觉得暗无天日，无法生存。屋漏偏逢连阴雨，高考我所在的考场，有一个破风扇，吹起来吱嘎吱嘎响。本来我就不会做题，这声音更分散了我的注意力。算是倒了八辈子血霉了，糊里糊涂考完，考得什么样，我一点也想不起来了。爸爸，我可怎么办？我没给你长脸，你还是打我一顿吧，这样我也好受些。”说完，平凡咧着大嘴，呼哧呼哧地哭着，脸上除了满满的泪花，还有两条黑色泪痕。平安心疼不已，也跟着落泪。

“好了，好了，别难受了。”过了一会儿，平安轻轻拍着平凡的肩膀，安慰道。

孩子只要有上进心，只要听话，就有希望。平安的心里稍微有了点底。

“成绩只能代表过去，咱还要面对未来，没事的，只要你愿意，咱去复读吧，我全力以赴支持你。人不能半途而废，上到这个阶段直接上高职怪可惜的，要不再冲冲，人就要有骨气，不服输，不言败，不放弃，逼自己一把。每一次突破都是逼迫。”说完，平安用征询的目光看着平凡。平凡用力地点了点头。

“好歹记住我的话，别再和她联系了。你要是不和她谈恋爱，你得考个什么样的大学？从小你就那么优秀，立志上清华呢。自从遇到了她，你的磨难就来了。那就是个祸根。她把你的大好前程耽误了。只要考上好大学，凭咱的条件，好女孩有的是。千万别在一棵树上吊死。记住了吗？”

“记住了！”平凡坚定地说，平安顺势把平凡揽在怀里，不停地抚摸平凡的头，给他力量。再一再二不再三，不到黄河不死心，不撞南墙不回头。但愿平凡能接受教训，重新开始。

四

平安一狠心把平凡送到几百里开外的省内有名的私立高中，那里实行军事化管理，更重要的是能离开那个她。离开她，平凡才能静心学习。才去了一个月，没离开过家的平凡极不适应，晚上休息不好，再加上人生地不熟，既孤单又孤独，常在电话里哭，急得他妈也哭。

等到学校放一天假的时候，平安就去学校看儿子了。一见清瘦的平凡，平安心也软了。自己就这么一个儿子，还远在他乡，是不是对他太狠了。可转念一想，幸福不会从天降，他自己作的孽得自己受。要坚定信念，才能给儿子力量。

平安和儿子在食堂吃饭，在校园散步，陪了大半天，儿子情绪稳定了不少。平安走的时候，路过一座桥，平凡还想送送爸爸。望着湍流不息的河水，平安心里无法平静。逝者如斯夫，时光不会倒流。时不我待，时不再来。还不到儿女情长的时候，为了孩子的前途。平安猛地回头，下了命令，“你回去吧，该说的都说了，我相信你能，你一定能，你一定竭尽所能收获美好的未来。”说完猛地转身，大步朝前，再不回头，大有壮士一去兮不复还的气概。走过桥的尽头，拐弯时，平安回头瞥了一眼儿子。平凡直挺挺地站在那儿，可平安已是满脸的泪水。可怜天下父母心！

有劲儿你就尽情使，有汗你就尽情流。要问我要想什么？拼搏进取争一流。一路上平安不停地祈祷着。

高考的时候，平凡的妈妈告诉平凡：“大胆考试就好，咱有个关系很硬的‘后台’，保你考上好大学。”

有志者，事竟成。苦心人，天不负。可能平凡开了窍，入了门；也可能别无退路，绝地重生；还可能是有了妈妈说的后台关系，平凡释放了压力，考试超常发挥，真考上了向往已久的大学。

后来，平凡问妈妈：“后台是谁啊？以前怎么没说过呢！”妈妈说：“咱们的后台就是观音菩萨呀，你考试前，我求菩萨保佑了。”

信仰，是一种希望，甚至是在困境中寻求的一种慰藉。但生活诸事艰难，要创造更加美好的生活，还需要自己不断地去努力和奋斗，把自己磨炼成自己的“神”。

淌自己的汗，吃自己的饭，自己的事情自己干。靠人靠天靠祖上，不算是好汉。

有上几次的教训，平安再也不敢大肆宣传儿子成绩了。他偶尔在家里喝点小酒，兴奋地走来走去，不停地告诫自己一定要守口如瓶。可有麝自来香，无须大风扬。大伙还是知道了这个喜讯，面对着大伙的祝贺，平安天天美得屁颠屁颠的。

一步顺，步步顺。平凡大学毕业，保送读研，读完研进了央企。本来小伙就帅，又有了文化的浸润，更是器宇轩昂，一表人才。平凡前程似锦，未来可期。前来介绍对象的人络绎不绝，把平安忙得不亦乐乎。可平凡以工作为借口，一律不见。

一晃几年过去了，平凡还是孑然一身，就是不谈对象。平安急得像热锅上的蚂蚁。再不找，更待何时。而平凡就是铁了心，以压力大，以事业未成，还想再玩两年为由搪塞过去。

“你不是为你一个人活着，而是为了家人。一代人有一代人的职责，一代人有一代人的作为。你早已错过生育最佳年龄，本身就耽误孩子成长，你这是犯罪，你知道不知道？罪过啊。”打电话不接，平安编了一段文字发了过去。

信息还是一如既往地石沉大海。平凡的妈妈也念起了佛，天天祈祷起来。

这天，平凡的妈妈在收拾平凡的东西时，发现了一沓高铁票，上面清晰地记录着平凡在两个城市穿梭的轨迹。原来，平凡上大学的时候，高中的那个她在一所小城上职业学院，两个人相隔数千里，半月一相见。那得需要多大的精力和体力啊。平安就不明白了，她有什么好的，年龄比儿子还大，家庭条件差。要没她，儿子会比现在还好。咱不绝对讲门当户对，但也差不多才行。这可是一辈子的幸福，怎么能当儿戏，这么轻率呢？儿子啊，你是咱们小区第二个还没结婚的大龄青年，很多比你小的都结婚了。有那个倒数第一在，我们还多少有点安慰，但年底人家结婚了，你就是冠军了。这可怎么办呢？急得平安两口子吃饭饭不香，睡觉睡不着，心里总是有个事放不下。

平安也听说，有家长逼婚逼得急，把儿子逼成神经病的。怪吓人的。逼急了，不行；不逼，不听。两难。也有人安慰平安，婚姻这个事就是随缘，缘分来了挡不住；缘分不来，急也没用。还是耐心等，多祈祷吧。

有时半夜平安从梦中醒来，嘴里嘟囔着：“三条腿的蛤蟆不好找，两条腿的人有的是，你怎么这么笨！”

这天，平安带着礼物，专程去小区里孩子年龄最大、还没结婚的家里，向老哥请教。一进门，平安扯开嗓子火急火燎地问：“老哥，你快说说，到底什么原因，孩子不愿意结婚？你用什么妙计解决的这个难题？”

“不急，不急。我也没什么好办法。缘分到了就成了。”老哥忙安慰道。

“孩子不结婚，一个可能是感情上受过伤害，在爱情里吃过亏，在失望中长大，没有安全感，不再相信有爱情了，就不敢结婚了；另一个就是工作太忙，压力太大，下了班，只想休息，哪顾得上谈情说爱？再一个就是没有钱，结婚成本太高，想自己拼搏，不依赖家里，不想啃老，想事业有成了再结婚；还一个就是不想将就或凑合，不想为了结婚而结婚，没有该结婚的年纪，只有该结婚的感情，只要出现让他心动的人，就行了。

“最后一个可能是独身主义者，不想承担责任，自己舒坦就行，不管任何人。

“咱得根据自己情况，具体问题具体分析，对症下药。”老哥不愧是退休干部，说得头头是道，平安不住地点头，觉得受益匪浅。

茫茫人海，我的儿媳妇，您在哪儿？您快来吧！平安在心里不停地呼唤着。

过年平凡回来了。除夕，奶奶拉着孙子的手，笑眯眯地问：“什么时候领家来媳妇？我这把年纪还能看到那一天吧。”平凡抿嘴笑着答：“奶奶您长命百岁，一定能看到。好日子在后头呢。”

大年初一，一场大雪不期而至。瑞雪兆丰年，红梅报喜来。平安领着平凡一家一户拜年，想让平凡感受一下人家那种阖家团圆的幸福，同时也让平凡有种危机感。而平凡就像个木偶一样只是跟着，一句话也不说，看不出他有任何反应。

晚上吃过饭，爷俩出去散步。平安小心翼翼地说道：“你看咱车买了，房子有了，工作这么好，外形这么好，老大不小了，该找个对象了。要不人家就笑话咱了，是咱条件差？工作不好？

长得不行？还是有其他原因？有很多人关心你，一说你没结婚，都另眼看待了。到了结婚的年龄不结婚，不正常啊。我都抬不起头了，尤其是比你还小的，孩子都有十几岁的了，一参加别人家的婚礼，我总是看着看着就掉泪了。我的儿什么时候结婚啊？盼星星，盼月亮，盼到何时才是头。你爷爷奶奶都八十好几了，都盼着这一天早日到来呢。四世同堂，是他们的最大心愿。你妈因为你这个事，都抑郁了，多亏我及时开导她，否则就垮了。”

“别再犹豫了，今年一定了却我们这个心愿。我们也没什么别的意见了，想开了，我们那一套恋爱标准早过时了，你只要答应结婚，你愿意找谁就找谁，只要你觉得好就行。是你自己过日子，你只要感觉幸福就好。我们无权干涉。男大不由爷，男大当婚，女大当嫁。天经地义，亘古不变，得人人遵守啊！以前的事对也罢，错也罢，木已成舟，改变不了了，后悔也晚了，但是那都是为你好，哪个家长对孩子都是没二心二味的，都让它过去吧。现在弥补还来得及，来得及。”平安一边说，一边试探着平凡的反应，唯恐说多了或说差了，刺激到平凡。

突然，平凡扭头对平安说：“爹，我要结婚了，女孩就是我高中邻班的那个。您同意吗？”

平安一愣，而后一喜：“你小子还没有忘记她呀？我就不明白了，她到底有什么魅力，能让你念念不忘？”

平凡说：“爹，她的爸爸在一次抗洪中献出了生命，妈妈是一名护士，在疫情中去了灾区，后来也失去了生命。如今，她和年迈的爷爷奶奶一起生活。我当年发过誓，今生非她不娶。她也发过誓，今生非我不嫁。”

平安心里一震，眼里潮潮的：“她现在在哪里工作？”

平凡平静地说：“她到偏远的山区支教去了，还有半年就回来了，等她一回来，我们就结婚！”说完，平凡迈着坚定的步伐向前走去。

长长的路灯下，留下了爷俩长长的足迹、长长的身影，还有那咯吱咯吱的踏雪声……

平安的人生路

1968年阴历三月廿三，深夜11点，久违的春雨下得惊天动地，瓢泼大雨砸在地面上，一会儿便汇流成河，水流到处乱窜。伴着一声声雷响，一个小男孩出生了。望着窗外满院子的积水，孩子的姥姥说："这个孩子一来就下大雨，闹动静，怕不顺利，就叫平安吧。"

一

万泉河沿途有名字的泉眼72个，一年四季，昼夜不停，翻滚着。无名字的小泉眼多得数不清，像大鱼吐水，极轻快地来上一串水泡。万泉河九十九道弯，依势建有4个水闸，用于农田灌溉。其中一号水闸面积最大，关闭闸口时仿佛就是一个中型水库，水积满再依次流向二号、三号、四号水闸。河水绵延10里路，穿过一座古老的小镇，自东往西，进入柴汶河，流入东平湖，再入黄河奔腾入海。万泉河是这里的母亲河，养育了成千上万的当地人。

每到夏天，一号水闸里就挤满了洗澡的人。男人们集中在水闸闸门前洗澡，水深坡陡。女人们在河道拐弯看不到的地方洗澡，水浅坡缓。人们相隔无事，尽情戏耍，享受无穷的欢乐。

1978年最热的一天，平安在水闸下面洗澡时，突然脚一滑，水一下就把平安淹没了。平安连喝几口水，正一起一伏挣扎时，突然觉得一个人拉住自己的手直往外提。那人大喊一声："起！"平安马上站起来，一起来发现水才达到自己腿弯子上面一点点。平安起来后就瘫倒在坝梯上。救平安的人是平安的邻居三哥。

无独有偶。不久平安在水库边上玩，不知怎地，他又从边上滑了下去。有了上次的经验，平安十分冷静，沉到水底，抓住水草两手交替奋力往河边靠近。到河边时平安猛地冲出水面，顺势抓住岸边的一块石头，爬了上来。惊险万分。平安到现在还佩服自己当时的沉着冷静，否则就小命呜呼了。

有了这两次差点溺水的经历，平安学会了游泳。

有一年发大水，水流湍急，平安和一群好伙伴去洗澡，下去后有个漩涡直接把平安带到河流的中央，当时平安拼命挣扎，可处在漩涡当中的人无论你怎么使劲也动弹不得。平安灵机一动，往下一沉，果然水流立刻就把他冲出去几十米远，好悬啊。从那以后平安就知道，不管干什么，人不能处在漩涡中心，因为那不是你能控制的。

二

1979 年平安的姐姐考上学，成为小镇升学第一人，引起了轰动。父亲看到了求学的光明前途，便给平安弟兄三个下了死命令。"你姐带了个好头，你们仨要向你姐学习，也要给我考上学。"

平安是弟兄三个中最大的，每天天不亮父亲就去平安的房间叫醒他，让他起床读书。平安硬着头皮坐起来，装模作样读几声，不一会儿书就掉在床头上，他又睡过去了。没一会儿，猛然传来父亲的厉喝："你给我滚起来！"这一声犹如天空打了一个响雷，吓得平安直打哆嗦。

1983 年平安考上了高中，成绩勉勉强强说得过去。

上高二时，一节生物课相关的内容让平安忽然联想起了自己，自己腿上也有很多汗毛，这是不是多毛症？有了疑虑，平安便胡思乱想上不下课去。为了解决这个问题，平安偷偷从邮局邮购脱毛霜，偷偷跑到厕所给自己抹上，毛去了又长，长了再抹，越抹毛越长。此事竟成了平安一块心病，学习成绩更是直线下降。

到了高三，平安更没心思学习了，而且更加胡思乱想，他担心教室的梁会塌下来，天天提心吊胆。实在待不下去，他就跑到学生宿舍里逃课。除了班主任的课，其他课几乎不上。平安良心未泯，还知道拿着课本去学生宿舍。要知道在当时，有老师教还不一定能学会，更别说自学了，这终究不是长法。班主任知道这个情况后找平安谈话，平安还不好意思跟老师说实话。班主任误认为平安贪玩，不知道学习的重要性，逼着平安回教室。班主任批评得越厉害，平安心里越好受，他觉得这样就能忽略这个心事。可是过一段时间，这心事又冒了出来，弄得平安坐立不安。碍于班主任情面，平安不敢再逃课，就想和同学换位。和同学一说，同学抬头看了看房梁，毫不犹豫就同意了。平安就骂自己：一样的事人家就不害怕，只有你害怕，你神经病啊！

那时考大学先由学校筛选，被选上的才能考大学。应届班只有十几个同学能过预选，也就是说寒窗苦读三年，班里有几十个同学连参加高考的资格都没有。没有资格怎么办？复读，只要你愿意上，学校就给你机会，直至你考上为止。

星期六、星期天自习期间，平安不是陪着这个同学打篮球，就是陪着那个同学踢足球，再累也不回教室。到了晚上，下了第一节晚自习，平安跑到操场上，自己一个人摸黑打篮球。就是白天课间，平安也在教室里练习投篮，他能把球准确地投到铁制梁的空隙里。篮球在上面蹦跶几下，慢慢停住，掉不下来。

初生牛犊不怕虎。这么多复习生，考不上他也不难过，他觉得反正自己年龄小，也没有多少危机感。

平安的第一个高三，就这样稀里糊涂过去了。

平安的第二个高三，依然浑浑噩噩，得过且过。高考前体检，查体的医生看到平安，端详起来。平安担心自己身体有问题，有点紧张。没想到医生竟认出平安来，脱口道："怎么又是你？你去年来过。"羞得平安恨不得钻进地缝里。

来成绩的那一天，知道没考上，平安流泪了。

8 月份的一天，复读的平安下了晚自习回家，突然下了大雨，他被淋得如同落汤鸡。蹚着没到膝盖的雨水，步履艰难，平安暗骂自己：你要是考上，还用受这个罪吗？再这样胡思乱想，你就去死。平安大步前进，与暴风雨做斗争。

人挪活，树挪死。平安母亲坚持让平安换个环境。父亲托人求路，把平安弄到县城高中学习。第一次离开家，平安仿佛长大了。早自习他第一个到教室读书，晚自习他最后一个离开教室；上课认真听讲，课下埋头苦学，每天进步一点点。

一个星期六的傍晚，同学约平安去看电影，平安禁不住诱惑和同学到了电影院。快进场时，他忽然惊醒：跑这么远到这里看电影，咱来是干什么的？再考不上，还有脸回家吗？他毅然决然回到学校。

班里 40 多个住校男生挤在三间平房屋里，平安住在下铺，床头有个装饭的大箱子，招来很多老鼠。一个冬天的深夜，一只小老鼠不知怎么钻进了平安的被窝，从脚爬到胸膛。痒痒的感觉把平安弄醒，他立刻抓起老鼠一把扔了出去。平安心脏"嘭嘭"地跳，再也睡不着觉，起身去了教室，点起蜡烛学习。

高考时天热，考场开着吊扇，吊扇转动时吱吱的响声影响了平安的发挥。特别是考物理时，越不会他感觉声音越响，越响他越不会。平安烦躁，苦闷。没办法，这个只能自己克服。平安边做题，边抵挡着噪声的干扰。他想关了吊扇，但自己也知道不能提这个无理要求。

苍天不负苦命人。平安读了三个高三，终于考上了一个师范专科院校。

到了平安读大学后第一年的7月7日，同宿舍的几个同学，不知谁说起了今天高考，宿舍里立即安静下来。大家都想起了黑色的7月，可怕的7月，决定一个人命运的7月。为了改变命运，不知多少人，依然奋斗在独木桥上。

三

1990年7月，平安大学毕业，回到家乡的小镇教学。当时农村中学鲜有全日制大学毕业生任教，平安自我感觉良好。平安自认为学历达标，教初中绰绰有余，便没有继续进修的想法。但不到几年的时间，“文凭热”悄然兴起，函授之风吹遍大江南北。学校每周日晚例会不论刮风下雨，都雷打不动照开不误。每次开会点名点到某个人，听到别人一句“学习去了”就可以冠冕堂皇地不来时，平安羡慕不已，也萌发要函授学习的念头。但他拿起高等数学就头晕，本来之前就学得不扎实，现在靠自己学习，实在是难于上青天。他想起来就学，学完了就忘。无志者常立志，时断时续，知难而退，平安终究也没有学成，但想函授的念头从来没消失过。

1996年春天，一次偶然的机会，平安听说现在有学校招收教育管理专业的本科生，只要有国家承认的专科学历，不管文科理科都可以报考。平安立即去镇上找分管的领导，说了自己的情况以后，领导说他符合条件可以报考。平安一听非常高兴，感觉自己的梦想就可以实现了。平安求教似的问领导怎么才能考上，领导笑着说：“正巧我这儿有本复习资料，你只要把上面的内容全记住了，就一定能考上。”说完领导随手拿起一本小册子给平安。

平安一看，小册子很薄，反正面也就是50多页，里面有教育学、心理学、学校管理学、大学语文的复习要点。平安在手里掂了掂小册子，信心十足。就这些，没问题，背过它还不简单。平安立即报名，随后就开始了紧张的复习。

真学起来就不是一回事了，各方面都不方便。平安承担两个班的数学课，并且兼任班主任工作，工作繁重。而且，平安自己的孩子小，需要他照顾，他哪还有时间去学习。学习内容枯燥无味，真正想记住也不是容易的事。理科出身的平安学习文科知识感觉无从下手，从哪个地方开始复习呢？要书没书，要资料只有那个小册子。但领导的话平安记在心间，领导说了只要背过小册子就能考上，领导永远是对的。学吧。

从那以后，平安排除一切干扰，重又拿出高考的劲头，集中精力专背这本小册子。

平安白天利用空闲时间学习，晚上下班后还背到深夜12点。平安还自己给自己出题，他自己整理的试卷上一面是问题，一面是答案。他反复考反复练，一遍背不过就背两遍，直到背过为止。

就这样，平安咬牙坚持，一天也未间断学习。短短的二十几天，平安就把这个小册子背得滚瓜烂熟，甚至倒背如流。功夫不负有心人，平安终于如愿考上函授本科，并于1998年7月顺利取得大学本科文凭。

过后回头想想，是领导的一句话深深地鼓舞了平安，让平安鼓足勇气，奋力拼搏。他这么短的时间竟然能考上，一是靠领导的支持，二是靠平安自己的努力，这是平安值得自豪的地方。

有了这个文凭，平安在学校老师中脱颖而出，最终被评上正高级教师。这也让他明白，人生关键的一步只要抓住了，就会成功。

四

2003年初冬时节，平安骑摩托车到一个全日制学校（含小学、初中）参观学习，受到学校领导的热情接待。当时平安身穿当下流行的西装皮上衣，风度翩翩，颇有派头。校长亲自带领平安参观校园，所到之处无不笑脸相迎。看到校长认真的态度、专业的讲解，老师们私下嘀咕：这是来的哪路神仙？校长这么重视。看着老师们毕恭毕敬的神态和羡慕敬仰的眼神，平安不禁飘飘然起来，感觉自己由参观学习者变成了检查指导者。装领导谁不会装？有校长在此，谁知道你是谁？最好是自己也不知道自己是谁，达到忘我的程度。平安暗自叮嘱自己，表演一定要到位，配合一定要默契，因为老师们都看着呢。开弓没有回头箭，何不潇洒走一回？平安暗下决心一定要使出浑身解数，一定要装出领导的气势来，关键时刻不能掉链子，不给领导丢面子。平安走路沉稳，不慌不忙，不苟言笑，倒背着手，踱着四方步，举手投足尽显风范。他一会儿点头微笑，一会儿指手画脚，一会儿给予指导，一会儿高度评价，倒也装得像模像样，内心获得极大的满足，真正找了找当领导的感觉。自己以前都是诚惶诚恐迎接检查的主儿，没想到今天被迎接了一回。他不禁浑身轻松，容光焕发，洋洋得意。一个字，爽！

五

最近平安心情烦躁，一坐上车就敲打着保险气囊，嘴里不停地嘟囔着，一副生气的样子。

原来前几天的一个晚上，平安开车回家，行至拐弯处，没想到拐过弯来不远就有个垛子。只听砰的一声巨响，车和垛子亲上了嘴。平安没系安全带，惯性使平安往前冲，保险气囊向后打开，两股力量撞击着平安肚子左侧。车内冒起了烟，所幸平安没事。去医院一拍片，平安脖子左侧骨头有一个小裂纹。吃药、打针、贴膏药将近一个月，他也没有恢复好，还落下个颈椎病。整个夏天，平安不敢开风扇、空调，怕冷风。

一天，平安参加升学宴，饭店开着空调。平安对冷风很敏感，浑身发冷，起鸡皮疙瘩。脖子僵硬，就像灌了铅一样，卡得难受，一摇头就疼。加上腰疼，平安坐立不安。这种场合人家坐着咱站着，不合适；天热不开空调，让大伙陪着受热，不忍心。平安只好咬牙坚持。这次宴席以后平安就像得了一场大病。

这给平安出了一个难题。人在江湖行，免不了必要的应酬。本来饭局是放松、高兴、联络感情的场所，大家说说、笑笑、闹闹，快乐无边。但这些都与平安无关。酒场现在对平安来说是痛苦的煎熬，无尽的折磨。

从那以后，对一些饭局，平安能推则推，能躲则躲，尽量不参加。

当然也有陷入两难的时候，答应给李魁孩子送亲这件事就让平安度日如年。

李魁是企业老板，是场面上响当当的人物。他和平安从小一块长大，情同手足，关系非同一般。

半年前，李魁的女儿订婚，平安率领庞大的队伍不远千里到了亲家那里，受到隆重接待。宾主一见如故，相见恨晚，推杯换盏，觥筹交错，喝得豪情万丈。平安现场作诗，风光无限。乘兴而去，高兴而归，亲家直夸找到一个好人家，是孩子的福气。

随后双方定了结婚的日子。平安送亲责无旁贷，一是凭他俩的关系，他不去谁去；二是平安是女方介绍人，更应该去。

日子一天天过去，两人不时还聚在一起商议怎样把婚事办得更好，这是李魁家的第一件喜事。

谁承想自己出了这档子事，这让平安进退两难。唉，都是保险气囊惹的祸。

一天，李魁的同学来做客，李魁把平安叫去陪客。席间平安试着说了病情，含蓄地提出送亲去不了，李魁媳妇急了。“你得好好看病，不行我给你出钱看。”李魁媳妇脸一沉，撂下一句话。平安没敢接话茬儿。讨好一个人很难，得罪一个人很易。

终于等到饭局快结束了，有好客者又发起了后续活动。平安心烦意乱，准备离去。李魁嫂子把筷子一放，说话了：“你不能走，坚持也得坚持，不坚持也得坚持。”平安硬憋了下来，一百个好也不抵一个孬。

为了能去送亲，平安千方百计锻炼身体。骑车、慢跑、听音乐、学跳舞，但都无济于事，他现在一提饭局就受不了，得了饭局恐惧症。

眼看着日子临近，平安纠结万分。去，自己坚持不了，失了态会被亲家笑话；不去，两个人的交情会打折扣。平安彻夜难眠，痛苦不已。

已是深夜 11 点，不能再耽误了，明天就是正日子了，再不说就晚了。平安知道自己做得不合适，没敢打电话发的短信。

“哥，实在坚持不了，孩子出嫁，不去送亲，行吗？”

“？？？”李魁做梦也想不到。

“实在抱歉，对不起。”平安自觉理亏。

“！！！”李魁真生气了。

“我也是没办法，请你原谅。”

“好吧。”能体会到李魁的生气和无奈。

平安如释重负，长出一口气。刚过一会儿，他觉得对不住李魁，愧对之心油然而生，辗转反侧，又一个长夜漫漫！

第二天，按农村习俗是凡是帮忙的或者亲戚聚在一起吃饭。

平安不敢面对李魁，把手机关了。哥，亲哥，对不住了。平安心里默念道。

他怕李魁派人来叫，还躲到田野。中午12点18分，平安听到震天的礼炮声和此起彼伏的鞭炮声，宴席开始了。

唉！都是保险气囊惹的祸，让平安里外不是人。平安面朝李魁兄弟宴席的方向，默默祈福祝愿，脸上流下了两行热泪——那是怎样的泪？只有平安心里明白。

人生没有彩排，只有一次精彩。每年开学之际，平安的第一堂课，就是向同学们讲述自己的经历，鼓励同学们好好学习，走好自己的人生路。

相亲相爱一家人

“一拜天地，二拜高堂，夫妻对拜，共入洞房。”十年前的国庆节，一对新人正在刘家庄举行婚礼庆典。鞭炮齐鸣，音乐欢快又热烈，祝福声此起彼伏。随着主持人高亢、响亮的声音，一对新人入了洞房。

“哇！新娘真漂亮！”盖头被掀起的一刹那，众人惊呼。

这位美丽的新娘就是我，我叫赵洁，十年前，我嫁到了刘家庄。

一、婆婆的苦衷

我爱人在省城工作，完婚后，他就回去上班了。我在村里的中学当代课老师，一日三餐和公婆一起吃，只有睡觉时去新房。新房离老宅有一里多路，且新房在村边上，婆婆有点担心我的安全，就陪我一起去新房睡。

“妈，今天姑姑一家来咱家做客，你怎么不上桌吃饭？”

一天晚上，我和婆婆都躺下了，有一句没一句地唠着家常，我忽然想起白天发生的一件事，就问婆婆。

婆婆支支吾吾，欲言又止，好像有什么难言之隐。

我更纳闷了，说：“妈，有什么不好说的，我进了门就是一家人了，有什么事你就说吧。”

在我的再三要求下，婆婆打开了话匣子，娓娓道来，给我讲了一些她和公公之前的事情。

婆婆嫁给公公时，公公是村子里的民办教师。公公一个月只有几十块钱的工资，婆婆没有工作，是家庭妇女。小家庭的花销仅靠公公一个人的工资来维系。可是公公的工资，从来不仅仅用在他们的小家庭里，更多的是还要用在他们的大家庭（包括公公的母亲、弟弟、妹妹）。公公舍小家顾大家，婆婆没有意见，毕竟公公是家里的老大，爷爷去世早，奶奶年龄大了没有劳动能力，他有义务帮扶弟弟、妹妹。可是，公公是大男子主义，他从来不让婆婆过问他的工资。婆婆为小家需要花钱，要向公公说明事由，公公批准了，才给钱。公公工资少的时候是这样，随着公公转成正式教师乃至成为校长，工资多了，也是这样。

婆婆跟我说了一件令她委屈的事。有一年快过年了，那时我爱人还很小，婆婆那时年轻，过年想穿新衣服。公公给姑姑、叔叔都买了新衣服，婆婆也想要。她考虑再三，鼓起勇气对公公说："忙活一年了，我买身衣服过年吧？"

"你是小孩吗，要什么新衣服？弟弟、妹妹是该找对象了，让他们穿好一点，形象好，好找对象。"公公说。

婆婆很无语。

大年三十的晚上，婆婆把过年的事宜准备就绪，想到第二天大年初一要出门拜年，得穿得周正些。于是她找出了一条像样点的裤子，准备第二天穿。可是，裤脚上有一个大口子，她洗裤子的时候就发现了，想着等裤子干了缝一下，忙起来就忘了。可是，第二天还要穿，婆婆就在灯下穿针引线地缝了起来。

"你怎么这么不懂事？大过年的缝什么裤子，早干啥了？"公公吼道。

婆婆的眼泪像断了线的珠子，簌簌落下……

公公挣的钱大部分都贴补了大家庭，这些年，他帮叔叔盖了房，娶了媳妇；给姑姑置办了嫁妆，打发姑姑结了婚。

婆婆又说："不上桌吃饭这件事，是这个家的老规矩，从我进老刘家的门就是这样。"

怪不得，今天姑姑一家人来做客，婆婆忙前忙后，炒菜做饭伺候着一大家子，我给婆婆打下手。菜齐了大家都让我一起坐下就餐，只有婆婆还在忙这忙那，无论我怎么叫，她也不上桌，只是说："就去，就去。"

婆婆说，这么多年，她从没和公公吵架，为了维护公公的面子，公公是老师、是校长，是村里有头有脸的人。

婆婆可真够不容易啊！他们家怎么这样？和我家可不一样，我家有事都是爸妈互相商量、互相谦让着来。都什么年代了，还遵守这老规矩——来客不让儿媳妇上桌吃饭，以前爱人怎么从来没告诉我这些呢？让我上桌是因为我是新媳妇吗？会不会以后也不让我上桌？我才不信这个，什么老规矩……想着想着，我进入了梦乡。

二、过年

腊月二十七，爱人回来了，我和婆婆做了一桌子菜，庆祝爱人回家过年。公公和爱人喝了点酒，大家都很高兴，当然，最高兴的是我，我都一个月没见到他了。

吃完饭，我和爱人、婆婆都在收拾碗筷，只见公公朝那一站，对婆婆和爱人示意了一下，爱人和婆婆赶紧放下手里的活随公公进了里屋，还关上了门。

"这是拿我当外人。"我边刷碗边生气。以前，我也见过公公婆婆避着我叽叽咕咕地商量事，我都没在意，以为是人家老两口的事，我不管。可是，今天不同了，就四口人，把我一人排除在外，他们没把我真正当家人。

我越想越气，冲着里屋喊："刘帅（我爱人），出来，有事。"

"有事等会儿再说吧。"爱人在里屋应声。

"不行，现在说。"我气愤道。

"小洁，等会儿不行吗？爸妈正和我商量事呢。"爱人出来焦急地说。

"商量事为什么不让我参加，我进了门就是这家的一分子，为什么把我当外人？"我越说越气。

"小洁，小声点。"爱人示意让我小声。

"我干吗小声，我又没做什么错事。"我没好气地说。

"你吵吵什么？该叫你参加的时候自然叫你，不叫你参加就是你不该参加。"公公阴沉着脸出来竟然这样对我说。

"什么是该？什么是不该？"我和公公讲理。

"我们家老规矩，男主外，女主内，女的不该管就不管，要不是有特殊情况，你婆婆通常也是不管事的。"公公看我不示弱的样子，对我说。

"都什么年代了，还抱着那不合理的老规矩，早该改一改。"我说。

"改什么？多少年了就这样。"公公被我顶得气呼呼。

"不对就要改。"我说。

"小洁，我们也没有故意瞒什么事，就是商量一下还债的事。今年家里的事多，都赶在一起了，盖新房、买家具、办婚礼，借了亲戚的钱，想让小帅还一部分。你也知道，我们这里，过年就是还债的日子。"婆婆苦兮兮地对我说。

我听了婆婆的话，觉着他们也不容易，为了把我们的婚礼办得风光，操碎了心，还欠了债。

"妈，我不是只顾小家的人，让小帅还债可以，但是，得和我说，和我说了，我们把债都还了我也没意见。不和我说，瞒着我，把我当外人，那一份钱别想让我们还。小帅挣的钱就是我的钱，这个钱我当家，今天我把话撂这里，你们看着办吧。”我说完就拉着爱人去新房了，公公竟然没再说什么，婆婆也没再说话。

回到新房，我给爱人摆事实、讲道理，他也无话可说，认为我说得对。

第二天，吃过晚饭，公公说：“我们开个家庭会，小洁也参加吧。”听公公这么说，我和爱人相视一笑，婆婆也笑了，公公竟然也露出了久违的笑容。

这个年，是我嫁到婆家过的第一个年，按照当地风俗，长辈都要给新媳妇磕头钱。大年初一，我早早起床，首先给公公、婆婆拜年。

“给爸爸妈妈拜年了。”我说着就要给二老磕头。

婆婆一把拉住我的手，把我扶起来，说：“不用磕了，爸爸妈妈收到了，妈知道你是个好儿媳。”

说着，给了我一个大红包，我打开一看，1000 元。

“爸、妈，红包我不要了，我知道了咱家的情况，拿去还债吧。”我连忙对公公婆婆说。

公公、婆婆说什么也要给，说这是第一年，图吉利，不要不好。没办法，我只有先收着。

我们又来到奶奶家给奶奶拜年。

“奶奶，给您拜年了。”我俩给奶奶磕头拜年。

奶奶掏出早就准备好的红包，600 元。我对奶奶说：“心意领了，红包不要。您都 70 多岁了，哪来的钱？我可不要您的钱。”

奶奶说：“我身体好，养鸡，还种菜，到集市上能换钱。必须收下我的红包。”看到奶奶着急的样子，我只好收了她的红包。

谈话间，我还知道了奶奶患有白内障。我问奶奶为啥不去做手术，奶奶说现在白内障手术还不成熟，等成熟了再去做。

出了奶奶家的大门，我和爱人又谈起了奶奶的病。爱人知道的比我多，他说，奶奶的白内障实际上能动手术，只是钱还不够，先往后拖拖。

“这怎么行？拖坏了怎么办，过完年赶紧去治。”说着，我又往奶奶家跑去。

“你怎么又回去了？”爱人在后边追我。

我气喘吁吁地跑进奶奶家，对奶奶说：“奶奶，红包给我了，我当家，我再给您用这钱去治病，这是我婆婆给我的红包，也给您治病。过完年，您就去动手术。”

奶奶攥着我的手，眼泪汪汪地看着我，久久说不出话来。

三、婆婆生病了

结婚第二年，我就当了妈妈，生了个大胖小子，公公、婆婆高兴得天天合不拢嘴。每天婆婆看孩子，我、爱人、公公上班，一家人忙忙碌碌，其乐融融。每月我和爱人发了工资，留出一小部分家庭开销，其余的都用来还债。公公、婆婆看我这么顾家，都打心眼儿里喜欢我这个媳妇。婆婆在这个家庭里的地位也悄悄发生了变化，不知从何时起，不管有没有客人，我们都是一起忙活、一起做饭，做完大家一起吃饭、一起收拾桌子。

生活步入正轨，我利用闲暇时间开始复习功课，准备考编。我要考上正式老师，实现自己的价值，也为孩子做榜样。

“孩子交给我，你好好复习。”婆婆听说我要考编就对我说。

“你需要什么资料、辅导，我给你想办法。”公公很高兴。

爱人更是我的坚强后盾，天天打电话鼓励我。正当我紧锣密鼓地准备考试时，婆婆病倒了。

“你婆婆病了，你快回家看看。”那天我正在学校上课，邻居打来电话。我赶紧和校长说了一下，就往家赶。我和公公几乎同时到家，邻居抱着我家哇哇大哭的孩子，焦急地等我们。只见婆婆歪倒在地上，嘴歪了，说话含混不清，右半边身子不听使唤。这一看就是脑出血或脑梗死。

公公接着打了急救电话，我把孩子托付给邻居，和公公一起去了医院。

婆婆的状态很不好，去医院的路上就昏迷了。到医院就开始抢救、检查、动手术。

婆婆得的是脑梗死，做了微创手术。爱人请假回来了，我和公公也请了假，我们三人轮流在医院照顾婆婆。

手术三天后婆婆才醒过来，得知自己病情后急得直哭，她右腿动不了，右胳膊也不听使唤，嘴还有点歪，流口水。这样的状况不要说婆婆接受不了，就是我自己这样我也接受不了。

以前婆婆是多周正的人，虽然饱经风霜，但又干净又利索，天天把自己收拾得整整齐齐，可现在……唉！自己嫌弃自己，更不用说吃喝拉撒还要处处用人。

婆婆又哭又闹，不让打针、拒绝吃药、不吃饭，也不说话。

“你去劝劝妈吧，我和爸劝了都不管用。”爱人从医院回来焦急地对我说。

“妈是怕给我们添累赘。我得去向婆婆表态，让她放心，这样她可能就会配合治疗了。”我对爱人说。

去医院的路上，我想起婆婆对我的好。坐月子时，婆婆无微不至地照顾我，月子餐做得尽心尽力，不仅给宝宝洗尿布，还给我洗衣服。我不忍心让她洗，把脏衣服偷偷藏起来。可是，无论我藏到哪里，婆婆都能找到，然后给我洗得干干净净，晾干了又给我叠得整整齐齐。当我穿上新洗的衣服时，能闻到太阳和肥皂混合的香味，穿在身上，感觉特别幸福。

婆婆总是对我说：“趁着我现在能干得动，我就多干点，等老了干不动了，想干也干不了。”

婆婆现在肯定是觉着自己成了这个样子帮不上我们，所以心灰意冷。

“妈，你放心，我给你养老。你没生病时对我这么好，生了病轮着我们管你了。我们不灰心，能治好的，小宝还没学会叫奶奶呢。”我拉着婆婆的手，苦口婆心地劝着。

婆婆的心终于被我融化了……

婆婆的病稳定了，爱人得回去上班，光在家也不行。于是，我与公公商量，让我妈来帮忙看孩子，我和公公轮换着跑医院。我这个举动又把公公、婆婆感动得不轻。

四、爱人回乡创业

婆婆这一病，我考编的事也泡汤了，实在没时间复习。还有，本来我就是代课老师，请假时间长了，耽误上课也不行，没办法，我只能辞掉了这个工作，成了全职太太。

实践证明，就算我成了全职太太，也很难照顾好婆婆。吃喝拉撒我勉强能照顾，可是婆婆需要进行康复训练。如果错过了最佳时机，恢复得就不好了。公公是一校之长，他的工作离不开他。我爱人是独生子，照顾婆婆的事只有我们承担。我思来想去，有了一个大胆的想法——让我爱人回来家乡工作，一边工作一边照顾婆婆。

我和爱人说好了，他愿意辞职回来。

“爸、妈，我们商量个事，让小帅回来工作吧，可以一边工作一边帮妈做康复训练。”一天晚饭后我对他俩说。

“这可不行，小帅干得好好的怎么能回来？那可是省城，还是事业单位，这么好的工作回来能找到吗？”公公说。

婆婆也坚决反对。

“你妈做康复训练，我们可以找个护工帮忙。”公公又说。

“护工哪有我们细心，康复训练可是有最佳时机的，错过了就达不到最佳效果了。”我对公公说。

“工作可以另找，钱可以慢慢挣，可进行康复训练不能等。”我又对公公说。公公沉默了。

就这样，我的建议，全家人又一次采纳了。

爱人是学机械设计的，刚回来家乡时，就往我们这开发区那边跑，看看那边的厂区里要不要人。我也多方打听，帮爱人找合适的工作。终于，开发区有一家机床厂需要设计员，同意招我爱人。他签了工作合同后，我特意给全家做了一桌好菜以示庆祝。

开发区离家十几公里，爱人骑车上下班，早晚不耽误照顾婆婆。这样我就有时间看看书，为考编做准备。

这样的日子过了一年多，爱人所在的那家工厂出了问题，爱人失业了。果然不出我所料，公公、婆婆开始埋怨我，说：“不该让小帅回来。”我也懒得理他们，愿意说就说呗。

“天无绝人之路，再想办法。”我对爱人说，“我们自己开个工作室吧，你设计的产品备受青睐。”

“我也是这样想的，我们先开个工作室，等干大了，我们就开家公司。”爱人高兴地说。

那天夜里，我们俩相拥在一起，憧憬着美好的未来，感觉好幸福。

开工作室的事，我们怕公公婆婆阻拦，对他们暂时保密。我们贷款 2 万元，租了办公室，买了电脑等设备，办理了手续，一切准备就绪，发出广告，准备接活儿。

起初，知道工作室的人少，他接的活儿少，渐渐地随着爱人知名度的提高，工作室的活儿越来越多。经过两年时间，我们攒了些钱，真的实现了我们开公司的梦想。

五、搬到县城

“老太太恢复得不错，家里有暖气吗？要注意保暖，保暖对你腿的恢复很重要。”那次我和爱人带婆婆去医院复查，医生这样说。

从那以后，我就暗下决心，为了婆婆能恢复得快，尽快让婆婆住上有暖气的房子。

我把心事告诉了爱人，爱人说：“再等等，我们再攒点钱，到县城里去买，妈看病也方便。”

“是呀，这样就更好了，你上班也方便，咱爸反正是退休了，孩子还能在城里上学。”我特别高兴。

可是，哪有那么多钱买房？公公的钱都给婆婆治病了，爱人挣的钱又投资了一个新项目。我思来想去，决定到娘家去借。我爸是煤矿退休工人，之前挣了点钱，准备以后给我弟买房娶媳妇用，我弟现在还在上大学。

我去娘家和爸妈说要到县城里买房的事，爸妈认为婆家给我们盖的新房我们还没住几年，挺好的，不住了太可惜，又没有多余的钱买房，劝我三思。当我说是为了给婆婆治病方便，爸妈就没再说什么，把钱借给了我。

“我们买个小的二手房，花钱不多的。”我对爱人说。

爱人怪我打乱了他的计划，怪我着急买房，他哪里知道我是想让婆婆在入冬之前住上有地暖的房子，好让她的腿快点恢复。

我们终于买到了一个心仪的房子，大小、价格、楼层都合适。然后我们又费了九牛二虎之力才做通公公婆婆的思想工作，我们终于一起搬到了县城。

刚住进去几天，楼下邻居就找来了，说我家太吵。

“我家孩子上幼儿园了，没太吵啊。”我对楼下邻居说。

“你再排查一下，反正就是听到你家发出的声音，把地板敲得梆梆响。”邻居说。我猛然想起来，那是婆婆做康复训练时拐棍捣地板的声音。

我连忙向邻居道歉，并承诺及时处理噪声问题。我买来厚厚的地毯铺上，吓得婆婆还是不敢拄拐棍，怕人家又找上门来。我又给她买了一个新式拐棍，下边有三个脚，并且每个脚上都套有橡胶套，用起来又稳当声音又小，这样问题总算就解决了。

看着忙来忙去的我，婆婆自嘲道：“小洁，我这老祸害也不死，死了你也歇歇，清静清静。如果和你奶奶一样死了该多好，也不受罪，也不拖累人。”我的奶奶心梗，在我结婚的第二年去世了。

我鼓励她：“妈，可不要这样说，家有老是一宝，你和我爸是咱家的宝，是我们的主心骨。”

婆婆笑了，笑得很开心、很欣慰。

搬到县城，虽然房子不大，但我们一家五口住在一起，很方便，也很温馨。公公接送小宝上幼儿园，爱人上班，我负责家务，还学会了给婆婆按摩。

有一天我出去买东西，发现离我们家不远处有个理疗室。我进去看了一下，觉着设施设备高档齐全，也向现场做理疗的患者打听了一下，说效果不错。

“妈，我们楼下有理疗室，咱们去楼下做吧，人家专业，我在家给你按摩不专业。”我对婆婆说。

“我都快好了，花那个钱干什么？”婆婆怕花钱。

“妈，不能怕花钱，咱们搬到城里来，就是为了你治病方便，咱们大头都花了，不差这小钱了。”我笑着对婆婆说。

“好，好，我这孝顺的儿媳妇到哪里都找不到，只有在我家能找到。”婆婆夸起我来。

从那以后，我便经常推着轮椅上的婆婆，出现在理疗室。令人高兴的是，理疗效果出奇的好，我也算松了一口气。

就这样，理疗了近一年时间，婆婆生活基本能自理了。

又是一年过年时，公公端起酒杯："我宣布，从今天开始，我让权，这个家让小洁当。"看着满面红光的公公，我笑了，对公公说："爸，我敬您，谢谢您对我的信任。"

"我也要祝酒，我也要祝酒。"小宝在嚷。

"你祝谁呀？祝吧。"我说。

"我祝妈妈，祝贺妈妈考上了正式老师。"

"对，祝贺你妈妈。老婆，好样的！"爱人对我竖起了大拇指。

"祝奶奶，祝贺奶奶康复，祝奶奶健康长寿！"我举起了酒杯。

在我的带动下，大家都举起了酒杯，齐声说："新年快乐！阖家幸福！万事如意……家和万事兴！"

在我们举起酒杯的时候，一首熟悉的歌声从阳台的窗户飘进室内，钻进了我们每个人的耳朵里，那是龚玥演唱的《相亲相爱一家人》：我喜欢一回家 / 就有暖洋洋的灯光在等待 / 我喜欢一起床 / 就看到大家微笑的脸庞 / 我喜欢一出门 / 就为了家人和自己的理想打拼 / 我喜欢一家人 / 心朝着同一个方向眺望 / 我喜欢快乐时 / 马上就想要和你一起分享 / 我喜欢受伤时 / 就想起你们温暖的怀抱……

听着这熟悉的旋律，我情不自禁地跟着哼了起来。蓦地，我发现公公和婆婆的眼里噙着泪，我赶紧拿出纸巾递给公公和婆婆……公公说："小洁，你是我们家的大功臣呀，如果没有你，我们老刘家不会有今天的幸福生活。"婆婆眼里噙着泪说："小洁，如果没有你，我连上桌吃饭的资格都没有，得了病也许早就死了！"

这时，爱人端起酒杯，含情脉脉地对我说："小洁，遇到你是我的缘。娶到你，是我的福，来，我敬你一杯！"

龚玥的歌曲再次飘进室内：我喜欢生气时 / 就想到你们 / 永远包容多么伟大 / 我喜欢旅行时 / 为你把美好记忆带回家 / 因为我们是一家人 / 相亲相爱的一家人 / 有缘才能相聚 / 有心才会珍惜 / 有福就该同享 / 有难必然同当 / 用相知相守换地久天长……

冰糖葫芦甜

15年前的一个冬天，正在老家探亲的我，见公路上围了一大群人，便过去瞧个热闹。

“你怎么还在这里？给你说过多少次了，不能在这里摆摊，你就是不听。”一城管正对一位占道卖糖葫芦的人大吼。卖糖葫芦的人脸黢黑，额头上的皱纹像刀子刻的一样深。他一句话也不说，只是死死地拉着车子，怕车子被城管没收了。

双方僵持着，气氛紧张起来。

“饶他这回吧，不容易啊。”不知谁喊了一声。

“是啊，是啊。”随声附和的人不少。

“他不易，我们更不易，我们也没办法。”城管说完就猛拉起车子来。

“城管打人了，城管暴力执法，就会欺负咱老百姓。”

人们嚷嚷起来，都站在卖糖葫芦的人这一边。

随即发生了冲突，引来了警察。被警察带走的时候，我认出了这个卖糖葫芦的人，这不是我的同学李想吗？二十多年不见，他怎么老成这样了？

我不由得想起上学时的光景。

他家住在小河的西南部，我家住在小河的北部。他是哥，我是弟。我们两家离得不远，我总是先去他家找他，再一块去上学，无论刮风下雨，无论严寒酷暑，小河道上留下了我们上学往返的身影。

那时，考大学要先由学校预选，没想到平时学习成绩很好的他却没被预选上。寒窗苦读三年连参加高考的资格也没有，我为他着急，而他却很坦然。

再后来我复读，又去找他，想让他也再冲刺一年，可他说什么也不去。

一晃多少年过去了，没想到会这样遇到他。唉，命运真是多舛。他要是复读一年，怎么样都比这强，最起码不会被人撵来撵去的。我不由得同情起他来，隐约中也为自己复读考学而感到一丝庆幸。

后来我再回老家的时候，不是我没注意到他就是他躲着我，总也没能和他相见。想起他混到这个地步，同学有事怎么好意思叫上他呢？慢慢地关系就疏远了。

今年春节，我在家乡新建的公园游览，又遇到了他。他在最繁华的地方卖糖葫芦。形态各异、带有卡通风格的糖葫芦样式吸引了好多孩子。他面带笑容，操作熟练，就像换了个人似的。

“你好，生意不错啊。”我走上前和他打起了招呼。

“噢，你回家了，先坐一会儿，我忙完了再聊。”他热情地应道。

“好，你先忙。”顾客络绎不绝，真够他忙的。

“现在条件好了，只要哄着小孩高兴，人们都不在乎这几个小钱了。我做的糖葫芦味道独特，好吃不贵还带甜，人送外号‘糖葫芦小哥’，哈哈。他们吃准了这个味，都找着来买我的。”他边说边指着他的糖葫芦介绍，脸上满满的自豪。

“你自己研制的配方？”

“我专门去北京学的，后来又自己改进的。”

“三百六十行，行行出状元，你成了专家了。”

“还不行，还得改进。”他一边忙一边回答我。

“人都有不同的命运，干这就干不了那，你要是考上学，就不是现在的你了。你都有好几套房子了吧？”我猜道。

“这都是小事，我受多少苦，你受多少苦，不一样啊。你吃国库粮，我是农业社，天壤之别啊。”他和我开起了玩笑。

“那都是虚名，我都下岗了，哪有你挣钱。”看着现在的他，我以前的优越感荡然无存。唉，真是三十年河东，三十年河西呀。

“你当年为什么不去复读呢？莫非你能预料到现在的你？”我问出埋藏在心里多年的一个疑惑。

“我也想复读，可是家里有病人啊。我是老大，兄弟姊妹多，这个担子我得挑。我不付出谁付出呢？谁让我生在头里长在头里呢？”我这一问，打开了他的话匣子，他让嫂子照应着生意。

“我供着弟弟妹妹、两个女儿上学，受的罪，吃的苦，一言难尽。”

“真够难的。”我插话道。

“不难，最难的是和邻居因为种地打架，他们认为咱没本事。咱骂又骂不过，打又打不赢，真是窝囊到家了。

“有次邻居又来闹事，没完没了，急得我晚上跑到水库边上，转了一圈又一圈，硬是踩出了一条小路。我真想跳下去图个痛快，可上有老，下有小，我走了他们谁来管？人不能为自己活着，要为亲人活着。他们不是因为我是小老百姓才欺负我吗？那我就好好供女儿读书，让她们出人头地。思想斗争了整整一个晚上，天明的时候，我从自己的牢笼里走了出来。

“我在河边上盖了两间小屋，也做粽子，晚上淘米到 12 点，凌晨两三点就得起来做好粽子去赶集，卖不完不回家。就这样一步一步挺了过来，现在国家提倡地摊经济，好日子都在后头呢。那个时候我看着你们都考了出去，想想自己，也是独自流泪到天明。有失就有得，这就是命中注定吧。”

“你的孩子现在干什么？”

“大闺女读博士，二妮读硕士。我给她俩说，小的跟着大的走，姐学什么妹也学什么，将来也好有个照应。”一提女儿，他满脸的骄傲。

“我没上出来，砸锅卖铁也要把孩子供出来，只要她们愿意上，我就供。我的遗憾不能在她们身上重演。”他目光中透着坚毅。

“真不错。”寒门出孝子，他的求学路在孩子身上得到了福报。孩子成功是家长最大的成功，我有点羡慕、嫉妒他了。

我感慨地说：“你两个女儿都出息了，左邻右舍都会高看你一眼，再也不敢欺负你了。”

他嘿嘿一笑：“啥欺负不欺负的，乡里乡亲，低头不见抬头见。我早把以前的事情忘记了，跟村里人相处很好。我还告诉两个丫头，不管走到哪步，都不能忘记家乡的父老乡亲，一定要回报家乡，回报这片热土！”

不知何时，广场上传来了《冰糖葫芦》的歌声。

“都说冰葫芦儿酸，酸里面它裹着甜，都说冰葫芦儿甜，可甜里面它裹着酸……”

听着听着，泪水已悄悄滑落我的脸颊……

丢了一只老公鸡

“一只红公鸡，跑到谁家去了？给俺放出来吧。”

吃午饭的时候，矿区家属院里突然传来了一个妇女的叫喊声。家属院不大，就几十户人家，妇女串了几条胡同，全院的人就都听到了。

一听这熟悉的大嗓门，大伙就知道是李文强媳妇王丽娟喊的。她家的那只大公鸡丢了，那还了得？她家的大公鸡，冠大，个高，脖黄，身红，蹬子粗，尾巴黑长，羽毛发亮，外出东瞧西望，步伐从容，与众不同。这只公鸡不仅是高贵，更重要的是它肩负着重任。这不中秋节快到了，王丽娟早就宣传得人人皆知了——中秋节杀了这只雄壮而美丽的鸡招待她那没过门的儿媳妇。

“你看到我家大公鸡了吗？早上从鸡窝放出来，一眨眼工夫没了，大白天的，能去哪呢？”王丽娟在街上逮谁问谁，是真急啊！能不急吗？明天就是中秋节了，鸡却没了。不逢集，也没处买鸡，两口子只好找啊，大街、小巷、柴禾垛……都找遍了，找了一上午，愣是没找到。没办法，王丽娟才趁着中午人都在家吃饭时在家属院喊一喊，希望让更多的人知道她家的大公鸡丢了。

整个下午还是没有大公鸡的踪影。

傍晚，李文强的女儿李楠楠下班刚回家，李文强就敦促她去找鸡。“都丢一天了，说不定让黄鼠狼叼走，或是叫人吃了。”楠楠不想去找鸡，找理由推脱。“大白天的，黄鼠狼是不敢出来的，就恐怕……”王丽娟就着女儿的话若有所思。

吃过晚饭，楠楠约着邻居小芳到后街的王长梅家里打牌。王长梅喜欢打牌，牌局经常设在她家。

咦？大门是关着的。“王姨，开门！”楠楠边敲门边喊。

“今天不打牌了，我们有事。”王长梅门也没开就应道。“真是奇怪，王姨嗜牌如命，今儿怎么回事？”她俩边嘀咕边借着院子里的灯光，从门缝里往家里看。真是不看不知道，一看吓一跳，王长梅和她丈夫杨洪武正在杀鸡呢。

“哎，你家不是今天丢鸡了？”小芳说。真是一语惊醒梦中人，楠楠掉头就往家里跑。

“人家杀鸡就是杀的咱的鸡吗？没有证据，不要乱猜。”李文强数落楠楠。

“大晚上的，关着大门，偷着杀鸡，你不觉得蹊跷吗？孩子都觉着不正常。再说，怎么这么巧？咱家丢鸡她家杀鸡。我早就怀疑有人把咱鸡偷了，我就是没想到会是她。”王丽娟愤愤不平。

“她两口子都是三十好几的人了，又不是小孩，她能好意思干这事？”李文强还是不相信。

“哼，知人知面不知心啊。”王丽娟话里有话。

两个人打了一晚上的嘴官司。第二天，王丽娟专门到垃圾池寻找证据。细心的她终于在垃圾底下扒拉到了鸡毛和肠子，是红黄黑相间的鸡毛，虽然湿漉漉的失去了光泽，但王丽娟一眼就看出来是自家公鸡的毛。物证如山，李文强也信了。

两口子一前一后，气势汹汹，来到王长梅的家。

“你怎么好意思？你真想吃鸡，和我们说一声，不用偷偷摸摸的，不就是一只鸡嘛，吃了就是吃了。”

“你说什么，谁偷吃鸡了？”王长梅一头雾水，一愣一愣的。

“别装糊涂，不是你是谁？我女儿都看见你杀鸡了。”李文强理直气壮。

“胡扯，我杀鸡就是杀的你家的鸡，光你家有鸡啊？那是我从娘家逮来的，我儿子杨浩上周在矿上井下出了工伤，我杀鸡是给我儿子补身子的。”说完，王长梅就不依不饶起来。声音引来四邻，人越来越多，王长梅家里顿时热闹起来。

“别打了，又不是外人。”

“为这点事，犯不上啊，别因为一只鸡伤了和气。”

“真值不当的。”

“抬头不见低头见，得饶人处且饶人。”

大家你一言我一语把他们劝开了。被众人拉回家的李文强还是消不了气，王丽娟也气得掉眼泪。吃了人家的鸡还不承认，真是岂有此理。鸡没了，这么多年的交情也没了。还在生闷气的李文强蹲在院子里抽起了烟。忽然，王丽娟看到丈夫突然怔怔地看着大门口。

“你怎么了？气傻了吧？”王丽娟推了他一个趔趄。“你看，你看……”李文强惊得嘴巴半天没合上。

他家那只高傲而美丽的大公鸡不知从哪里冒出来的，正踱着方步向家里走来。

李文强那个气啊，飞起一脚把公鸡踢得远远的，公鸡还没明白怎么回事就重重地摔在地上。

“这是什么事，冤枉人家了吧。我说她不是这样的人，你非不信。”李文强开始埋怨起媳妇来。

“我也没想到会这样，你说怎么办？”王丽娟委屈地说。

“我怎么知道？平白无故，诬陷好人，这可把人得罪足了。”李文强没好气地说。

“杀鸡，咱俩都去王长梅家请人家来咱家过节，郑重地给人家赔不是。”

“赔不是能行吗？王长梅的儿子杨浩在井下出了工伤，其实跟我有很大关系。”李文强一脸愧疚地说。

“你不是一直说杨浩出工伤是自作自受吗？这会儿怎么又说跟你有关系？”王丽娟一脸疑惑。

“你知道，杨浩是队长，那天他在井下工作面叮嘱我敲帮问顶，我没理他，他还说了我几句。你也知道，杨浩前段时间一直追咱楠楠，楠楠也想跟杨浩好，可我一直看不上这小子。没想到，当时顶板上突然掉下一块矸石，杨浩眼疾手快，一把把我推开，自己却被矸石擦了一个大口子，幸亏没伤骨头。唉，想想这件事我心里就不安。本来这件事咱就欠杨浩一个情，现在又因为一只公鸡冤枉了杨浩的父母，真不应该呀！”李文强长吁短叹。

“我看杨浩这孩子不错，你怎么就不同意咱楠楠嫁给他呢？”王丽娟自言自语，言语中充满哀怨。

“你别多问了，赶紧杀鸡吧。”李文强催妻子。

香喷喷的鸡肉摆上了，酒也满上了。李文强和媳妇一起向应邀前来的王长梅夫妇深深地鞠了一躬，并端起酒杯自罚了三杯酒。席间的气氛一下子活跃起来，觥筹交错，大家谈笑风生，其乐融融，像是一家人。

席毕。

王长梅夫妇临走时说：“你不是说楠楠要到我家打牌，我们先回家支桌子，你让楠楠快点来啊。”

望着兴奋的王长梅夫妇离去的背影，李文强脸上终于露出了一丝微笑，他自言自语：“但愿这门婚事能成……”

三十年前的德州扒鸡

三十年前，吴立新在北京读大学。

大四寒假临近时，家里来信，说今年春节就给吴立新订婚。于是，这回家订婚成了吴立新的头等大事。

吴立新在读高中时，跟同班同学武三妮暗生情愫。高中毕业后，吴立新考上了北京一所大学，而武三妮落榜，只好回家种地。

吴立新读大学的学费，都是武三妮支付的。每年寒暑假回到家，父母亲都嘱咐儿子，千万不能负了三妮的情义。吴立新信誓旦旦，无论走得多远，都不会忘记三妮。

吴立新去北京站买车票，到了售票口才知道，去泰山站的票早已卖完了。回校后，吴立新心情沮丧，如果不能回家，不仅三妮会埋怨他，连本村人都会埋怨他。也许他们认为吴立新要变心，要当陈世美。

后来，吴立新想了个办法。吴立新拿起毛笔，在纸板上写道：本人求购一张去济南或泰山站的火车票，谢谢！他的想法是，万一没有到泰山的火车票，到济南也行啊。

他兴冲冲地来到北京车站，在人流拥挤处举起了牌子。过往的人行色匆匆，无人问津。终于，一个中年男子走到吴立新跟前，读着牌子的内容。

“兄弟，你需要火车票？”

“需要，你有？”吴立新心中一喜。

“有是有，可是有两张，你要买就得全买了。这两张票是提前十天托人买的，每张多花了两元钱，你额外要给我 4 元钱啊。”中年男子说。

哎，不光要多买一张票，还多出 4 元钱，回个家真难！由于家里拮据，吴立新恨不得一分钱掰成两半花，哪有钱啊。

他真舍不得买！

“行吗？不行我走了。”中年男子有点等不及了。

吴立新不再犹豫，立即掏出钱来，买下了两张明天 10 点半到泰山的火车票。

回到学校，睡了一觉后，吴立新又心疼起钱来了。不行，得把多余的那张票卖出去。于是，他又找了一块纸板写上：有一张去泰山的火车票，欲购从速。

他备好行李，奔向火车站。吴立新在火车站广场足足待了一个晚上，又累又饿，手中的票也没有卖出去。但他不死心，期待着奇迹发生。

第二天上午，快到车开的时间，一个年龄跟吴立新差不多大的男子匆忙跑来，突然在吴立新身边停下，用疑惑的眼神看着他，问：“你有票？”

“有，你去哪里？”吴立新心想，有门了。

“德州。”

“噢，我的票是去泰安的，正好经过德州，你可以从那儿下车。”吴立新解释着。

“真的？”男子还是不相信。

“真不真，你跟我走就行，再不走就晚点了。”吴立新不由分说，拉着他就走。

落了座，他们便交流起来。

“咱们是老乡，缘分啊。”

“是啊，多亏了你。”

“你怎么来得这么晚？”

“原本计划明天走的，今天事办得顺利，就想回家了。没买到票，真巧碰到你了。”他说完抱了抱拳。

“不客气，大哥您忙什么？”一叙年龄，他比吴立新大两岁，吴立新便称呼他大哥。

“跑点生意，瞎忙瞎忙。”那人乐哈哈地答道。

“还是忙了好。”吴立新随声附和。

“你呢？”那人问吴立新。

“我上学呢，一名穷学生。”

“你怎么会有两张票呢？”他有点好奇。吴立新把事情的来龙去脉一五一十地告诉了他。

他沉思片刻，“我把多出来的票钱给你。”说着他把钱递了过来。

“不行，你只给我到德州的票钱就行。”吴立新把多余的钱退给了他。

他们推搡起来，吴立新态度十分坚决，不让别人吃亏是他的做人原则。

一路上，他们相谈甚欢，大有相见恨晚之势。可是吴立新不争气的肚子却不时地叫着，细心的大哥听得清清楚楚。

到德州站了，大哥飞快地下了车。不大一会儿，他在车外敲着吴立新紧靠的窗户，吴立新以为他落下了什么东西，刚把窗户打开，一只德州扒鸡就塞了进来。

“咱们有缘分啊，我提前给你拜年了，祝你一切顺利！”

吴立新想还给他，可他已经跑远。德州扒鸡香味扑鼻，饥肠辘辘的吴立新正想饱餐一顿，突然想起三妮。对，明天等订婚时，把这只德州扒鸡拿给三妮吃。

吴立新把扒鸡放在鼻子上闻了好久，又小心翼翼地包好，塞进行李包中。

大学毕业后，吴立新在家乡的县城找了一份工作，不久就跟三妮结了婚。

那珍贵的扒鸡香味在吴立新心里足足飘了三十年。

三十年后的春节，吴立新在北京工作的大儿子吴明带着女友和岳父岳母一起回老家订婚。

当看到吴明的岳父时，吴立新惊呼起来："大哥，真的是你吗？"

吴明的岳父先是一愣，而后狂喜，他紧紧握住吴立新的手："真没想到，三十年后，咱们还能再见！"

在汽车上听大娘讲她的家庭故事

那天，我去省城接妻子。妻子原本在大儿子家照顾孙子，前几天跟儿媳妇吵了几句，生气了，发誓以后再也不会到儿子家来了。

从省城回老家需要坐四个多小时客车，我和妻子连日奔波，都很劳累，找个座位坐下便想睡一会儿。汽车走走停停、起起伏伏，迷迷糊糊中我听得有个老年妇女的声音特别响亮。睁开眼一看，这个老年妇女满头银发，满面红光，尽管满脸皱纹，但精神矍铄，气质非凡。她穿戴整洁，给人以干练的感觉，一看就是有故事的人。我打个激灵，来了兴致，何不和她聊聊天，一解旅途的劳累？

“大娘，您老这么壮实，这是回老家看看啊？”我主动搭讪道。

“是啊，这不我在这里伺候孙子上学，正好周末了，我也回去看看老头子，他一个人在家我不放心。”大娘答道。

“一看您就是有福之人，孩子能在省城上班，一定很优秀，能把孩子培养成才，您真了不起。”我边说边竖起了大拇指。

“还行，说不上很好，也说不上孬来。孩子给长脸，咱自豪，很知足。”大娘言语中透着幸福。

“大娘，您有几个孩子？我能请教您几个问题吗？”

“两个男孩，请教什么，你问就是，我知道的都告诉你。”大娘说完就笑了。

“孩子都干什么工作？”

“一个是政府干部，一个在国营厂子上班，都混得不错。”

“真不错，那您是怎样培养的呢？”听了大娘的话，我既羡慕又佩服。

“两个都是考学出来的。咱穷老百姓一个，不考学指望啥？当年他俩也是不好好上学，我不管这那，不学好我就揍，反正别人不替咱管，咱不管没人管。自己的孩子自己最了解，我就认准一个理，上学才是出路。我和他爹种了一辈子地，不能让他们再种了。一年考不上，两年，两年考不上，三年，我就不信考不上。当时老头子还不大乐意，看到别人家的孩子都打工挣钱，而我们孩子光花钱，还看不到希望，这不是傻子吗？好事还能轮到我们头上？他便逼老大回家务农，说咱供也供了，考不上不怨咱了，一年年的，不花那个冤枉钱了。当时我也是急，也是担心啊。非得在一棵树上吊死，这难道是个死胡同？我就一直做好事，希望把福报落在孩子头上。我老大笨点，和老二一年考上的，一下子考上俩，当时在俺庄也是出了名的。在省城工作的是老二，挺孝顺，这不他休班，让我回家歇两天。”大娘那样子就像刘兰芳，声音有磁性，还带着手势，一开了头，就滔滔不绝地讲起来。

“您真有眼光，真有毅力，为国家培养人才。您真了不起。”我发自内心地夸奖起来。

“哪里哪里，我不行，都是托共产党的福。”大娘边说边摆手，一个劲地谦让。

“能说说他们后来的事吗？”大娘这么健谈，勾起了我的好奇心，我想打破砂锅问到底。

“不说了，不能扰民了。上次坐车我也是这样，说得正起劲儿，有个年轻人当着我的面说‘吵死了’，弄得我怪不好意思的。”大娘这一说，周围听的人都笑了起来。

“那是他没礼貌，不懂得老人言的智慧。大娘，没事，您接着说就是。”我给大娘打气，周围的人也饶有兴趣，有点头示意的，有投来鼓励目光的，大娘也就不推辞了。

“后来，他们自己努力学习，毕业自己找工作。咱谁也不认识，出门两眼一抹黑，靠我们那是门都没有。包括他们谈恋爱、买房子、结婚，都是他们自己完成的。咱想帮也帮不上。”

“我问一个生活问题，孩子两口子打仗吗？”我研究家庭教育问题，对这方面比较关注。

“怎么不打，儿子回家晚了，儿媳妇也是骂。”

“那你怎么办？”

“有时我看事不巧，就溜出去。万一出不去，就忍着，装听不见。实在听不下去了，我就冲出去骂儿子，一骂儿子，儿媳妇就不好意思骂了，也给儿子解了围。我常和儿子讲儿媳妇劳苦功高，多么不易。人家也是为你好，又生儿育女，你是自由恋爱，自己相中的，现在嫌这嫌那，早干什么去了？以后长点记性，早回来。两个人过日子要紧，有什么好打的？”

“大娘，您有两个儿媳妇，您一碗水能端平吗？”我又抛出了一个难题。

“当然是一碗水端平了，可是我老了，端起来一走，碗就晃荡，一晃荡就不平了，那可不算我的事。”大娘一脸委屈的样子，惹得大伙哈哈大笑起来。

一路上，就像是答记者问，我问得尖锐，大娘答得从容，给一车人带来了一路上的欢笑。不知不觉四个小时过去了，大家还意犹未尽。我佩服她的口才，便问她怎么口才这么好。大娘笑着说，她父亲是说书的，她从小跟着父亲赶集。

下了车，我更惊讶，原来大娘就住我对面的阳光小区。大娘说儿子孝顺，把她老两口接到城里住。大娘是个好心肠，有什么农家菜，她亲手做的好吃的，总会挨家挨户送。她的人缘特别好。

走进小区，还没进家，儿媳打来电话，问我们到家没。我说刚进小区，还没进家。

儿媳不好意思地说自己不懂事，不该惹婆婆生气。妻子在旁边听得一清二楚。我忙把手机递给妻子。

妻子在电话里嗫嚅着：“也怪妈不好，只要你们小两口过得开开心心，妈就高兴。”

儿媳妇最后说：“妈，过几天我们开车回老家接您去，你一定要来啊！”

我笑看妻子：“你去不去？”

妻子瞪我一眼：“当然要去了，我离不开我儿子儿媳和孙子！”

我笑了起来：“你肯定是在车上听了大娘的故事，才改变了自己的想法。”

平安的人生

20 世纪 90 年代初，平安大学毕业被分配到单位后，引起了轰动，他可是单位里第一个大学生。

平安瓜子脸，一米八二高，身材偏瘦，戴眼镜，西装革履，气宇轩昂。他眉间有个痦子，一看就是位福将。平安会吹拉弹唱，还会打球摄影，多才多艺。天之骄子的光环让大伙都高看他一眼，厚爱一层。去他家说媒的、提亲的络绎不绝，都想把自己的亲戚介绍给他。尤其还有一个提的是副县长的闺女。那位副县长说了，如果平安跟他女儿结婚，他就把平安调到县政府上班。人们都羡慕平安，仿佛已经看到平安去了县政府上班，可平安却吓坏了，赶紧声明自己有女朋友，就是他的大学同学。

等平安结婚后，大家也死了心，也就慢慢觉得平安没什么了不起的。他也没有三头六臂，和大家一样一日三餐，吃喝拉撒睡。原来看着他顺眼的人也觉得他不顺眼了。

夏季，平安经常买成箱啤酒，一个人在家里喝；上班期间溜出去和大街上的人们下象棋，不合群，不入场，爱干净，自己的杯子谁也不让动……

没有了神秘色彩，工作能力不强，不爱社交，还一副高高在上的样子，平安就更让人厌恶了。

指使他的人多了起来，值日也让他干了。有时他们给他出难题，合伙欺负他，甚至还含沙射影地批评他："年纪轻轻的，学点好，别天天不务正业。”说得平安很迷茫，不知自己做错了什么。

我好好工作，没做违法的事，没招谁惹谁，怎么这样对我？人活着还得天天看着别人的脸色行事吗？平安觉得怪委屈。

“木秀于林，风必摧之。你各方面优秀，似一股清风，有点扎眼。如今是人情社会，一些事你得参加，不能特立独行，要融入集体这个大家庭里来。高调做事，低调做人。要和人交往，交往了才有交情。和谁也不来往，那就完蛋了。”一个好心人看到痛苦的平安，忍不住偷偷指点。

平安有点开窍了。

他请人去家里吃饭，逢人三分笑，值日抢着干，也入社交圈子了，这花费了他大量精力和财力。在人们的眼里，平安开始有威信，人缘好，能力强。大家又感觉平安前途无量了。

1999年，正好推行四制改革。平安有抱负，才华横溢，觉得自己大显身手的机会来了。他报名参加中层干部竞选，想在更高的舞台上施展自己的才华。平安精心准备，反复打磨演讲稿，志在必得。演讲那天，平安滔滔不绝，脱稿说了二十几分钟，思路清晰，想法新颖，把台下的人都震住了。看到人们投来敬佩的目光，平安陶醉了。因为平安发挥得太好了，而且是唯一一个脱稿的。竞选演讲结束后，有人见到平安，连忙伸出大拇指，表示祝贺。平安也谦虚一番。平安憧憬着胜利的喜悦，他自认为稳操胜券，第一名非他莫属了。可一公布成绩，平安傻眼了，报名的一共四人，平安得了个第三名。得第一名的是平安的好友，平安不知道他也参加了竞选。幸亏那天打球时，平安没央求他给平安打高分，当时话到嘴边好几次，终究没说出口，否则现在更丢人。心情从天上到地上，他也忘了怎么回的家。回到家里平安失声痛哭，怎么会是这样？想不通，他晚上一直在街上转到东方鱼肚白。

社会就是这样，当人们摸清了你的底线和背景，把你看透的时候，无论你怎么做，也入不了人们的法眼。即使你做得再好，哪怕是天天围着他们转，也无济于事。平安觉得很累，还是做回真正的自己吧，不刻意追求，顺其自然。

走自己的路，让别人说吧。平安做好了充足的心理准备：我就是一个平凡的人，人活着不求惊天动地，但求无愧于心。

一晃二十多年过去了。平安无欲无求，生活过得有滋有味。

这天，平安的母亲病了，家里的兄弟姐妹都在外地，不方便伺候母亲。平安站了出来，他选最好的医院，挑最好的医生，不怕花钱，把母亲从死亡线上救了回来，但母亲终究生活不能自理了。吃药、打针、洗澡，有时平安光喂一次饭就需要两个多小时。平安不怕脏，不怕苦，不怕累，毫无怨言，没白没黑地伺候了母亲整三年。百日床前无孝子，就凭这点，平安是个大好人。好人一定有好报！

这年评职称，平安因为工龄不够，不符合评审条件，没有参评。平安也想得开，命里有时终须有，命里无时莫强求。纵有财富千千万，人死两手攥穿拳。有个好身体，比有什么都强。

平安更注重修心养性了。他生活有规律，戒烟又戒酒，唱歌，骑车，打乒乓球。五十好几的人了，一分钟跳绳能跳 300 多个。他学会了断舍离，减少无效社交。下班了，平安还在办公室里研究书法，如醉如痴，沉浸在书法的王国里。功夫不负有心人，东方不亮西方亮，平安的书法水平达到了一定的高度，搞了书法展，入了省书协，成了一位远近闻名的书法家。

无官一身轻，平安的生活，既轻松又充实，让人们羡慕不已。不过，也有人说平安这辈子就是穷命，当初他要是跟副县长的闺女结婚，现在肯定已经当上局长，甚至是副县长了。

这话绝对不是空穴来风，因为当年打算嫁给平安的那个副县长的女儿，她的老公一路官运亨通，直至副县长。然而，去年年底，这位副县长被双规了。

人们再次唏嘘，如果平安娶了那位副县长的女儿，如今也会当上副县长，但很有可能也被双规。有的人则说："那未必，平安为人正直，绝对不会贪污受贿。"

有人去问平安："如果你当了副县长，会贪污受贿吗？"

平安笑着说："你猜猜？"

那人笑了："按照你的性格，绝对不会贪污受贿，如果你跟别人一样，也不至于混成这样！"

平安哈哈大笑："纵有财富千千万，人死两手攥穿拳。有个好身体，比有什么都强。"

自行车的故事

父亲的自行车是金鹿牌的，是 1975 年 9 月 23 日买的。

那时父亲是学点校长，经常到周边的十五所小学指导工作，还要去公社教育组开会，来回没有自行车极不方便。

机缘巧合，上级奖励给先进单位负责人一张自行车票。父亲高兴极了。

票有了，可钱不够。父亲每月工资只有 34 元，自行车价格是 152 元。母亲拿出了家里的全部积蓄，还差 80 多元。父亲向当工人的堂哥去借，堂哥把仅有的 75 元都借给了父亲。直到现在，父亲每提及这件事，都流露出对堂哥的感激之情。

凑齐钱后，父亲向门市部奔去，恨不能一步赶到。到了门市部，售货员却说自行车卖没了。父亲是不会轻易放弃的人，他一直催门市部，费尽周折，父亲终于把自行车买回了家。

自行车是黑色的，大轮直梁，结实、气派，车架上印着彩色的车标。车铃是不锈钢的，明晃晃得可以当镜子照，我们这些小孩子排好队依次照个不停，每照一个大鼓脸就会引起一阵大笑。这辆新自行车带给我们无穷的欢乐。

有了自行车，父亲更忙了。那时候整个学点只有他有一辆自行车，尽管父亲很爱惜他的自行车，但别人需要用的时候，他也很慷慨。他的自行车俨然成了公车，给学校的工作带来了极大的便利。

没想到意外发生了。

1975年腊八节那天，父亲一大早载着学点会计，去十八里外的新城百货公司门市部买奖状。等他们买完奖状出来，自行车不见了。

父亲当时就蒙了，买车的债还没还清呢，更重要的是车子没了耽误工作。父亲越想越着急，腊月的天竟出了一身汗。随行的会计对我父亲说："我们去报案吧。"父亲才如梦方醒，赶紧报了案。

那天，父亲步行着回家，一路上想着怎么向家人交代。马上过年了，自己却把车丢了，心情糟透了。

进了家门，母亲问他怎么没骑车回来，父亲说车子被人借去了。母亲也没多想，只是感觉父亲有点不对劲。

吃过晚饭，弟弟妹妹都睡着了，我也上床睡觉了。朦胧中听到父亲对母亲说自行车被偷了，吓得我睡意全无。母亲急得直擦眼泪，但一句埋怨父亲的话也没说。

一家人都闷闷不乐，年是怎样过的可想而知。

农历新年后二月的一天，父亲突然接到派出所的通知，说是车子找到了，让去认领。这真是喜从天降。

父亲推车进门时，刚好我们放学回家。这是我们的车子吗？面目全非、伤痕累累，但即使这样，我们一家人无比兴奋，心里比吃了蜜还甜。

自行车失而复得，简直是个奇迹。父亲写了一封感谢信，买了一条"金鹿"香烟，专门送到了城关派出所。那天派出所里只有所长值班，所长收下感谢信，坚决退回香烟。所长说案子是父亲之前的学生破的，已经当上警察的学生在报案人姓名中看到了父亲的名字，加紧工作，两个月就破案了。父亲很感激他这位学生。

自行车很快又回到了它的岗位，它又繁忙起来。

直到现在，这辆自行车还放在父亲的仓库里。父亲见到它就想起当年难忘的岁月，教育我们不忘本，还想把它当传家宝呢。

三本词典

1959 年 7 月，18 岁的父亲从师范毕业分配到离我们家 20 多里路的一所山村小学任教。

当时小学里有一位教语文的张老师，他有一本“神奇”的词典——《四角号码词典》。一次偶然的机会，父亲看到张老师用的词典非常特别，词典条目多，实用功能强。新华字典上没有的内容，在这本词典上也能查到。而且查这本词典的方法更是奇特，只要记住口诀，翻开词典就能找到要查的内容，查找速度相当快，效率相当高。

父亲大为惊讶，更是好奇，这是他平生第一次见到这么高级的词典。张老师看到父亲对他的词典如此感兴趣，就对父亲说：“你想学的话，我教你。”父亲大为感动，暗下决心，一定学会查四角号码词典，不辜负张老师的厚爱。

自此，一有闲暇时间，张老师就教父亲查词典。张老师教得认真，父亲学得仔细。很快，父亲学会了查词典。在工作、学习中，父亲一遇到不懂、不会的字词，就想借张老师的词典用。可张老师教高年级语文，用词典的时候非常多，父亲经常借用也不合适，谁有也不如自己有。自从父亲有了这个想法后，他每周末都去十几里路远的县城书店，问《四角号码词典》是否有货。

那时候正是国家困难时期，物资十分匮乏。像词典这种工具书，书店里也不知道什么时候才能有货。父亲买词典的心十分迫切，跑了多少趟书店也不气馁。苍天不负苦心人。终于有一天，父亲刚到书店，就听见那个店员喊他："年轻人，算你走运，词典有了，给你留了一本。"

父亲听到这话，激动得热泪盈眶，连声说："谢谢！谢谢！"

父亲有了他的第一本词典。

父亲深知，自己只读了学制一年的速成师范班，是远远不够的。他考取了函授大专，边工作边学习。父亲爱好文学，业余时间阅读大量的中外书籍，时不时地用到这本词典。

用父亲的话说，在他的工作和学习中，除了教他的老师外，还有一个不会说话的"老师"，就是他的词典。

这本词典的确给了父亲很大帮助。父亲走到哪里都带着它，随时随地请教。父亲和它成了形影不离的"好朋友"，它伴随父亲走过了许多春夏秋冬。

1978 年，我堂叔当上了老师，经常借用父亲的词典，父亲想起自己从前和张老师借词典的情形，忍痛割爱，把他的宝贝词典送给了我的堂叔。

机缘没那么巧合，直到 1982 年，父亲才从书店买到了他的第二本《四角号码词典》。这本词典一直跟随着父亲，直到父亲退休了，也没有让它退休。父亲整天读书看报，学这学那，离不了它。

2017 年父亲生日前夕，我的女儿大学毕业回乡工作。她看到 77 岁的姥爷戴着老花镜，拿着放大镜查词典，女儿若有所思。

父亲生日当天，收到了一份快递。他小心翼翼地拆开一看，特别兴奋，特别激动，喜不自禁地说："这是我收到的最好的、最珍贵的生日礼物。比给我茅台酒还让我高兴，比几千块钱的高档衣服还珍贵。"

那是外孙女送他的最新版且是大字版的《四角号码词典》。

白月光

初中毕业40年同学聚会，召集人提议了多次，终于敲定了日期，徐帆高兴得不得了。她终于能见到她的初恋了。自从和那个人分开以后，42年来他们没见过一次面，但对方的音容笑貌始终镌刻在徐帆的脑子里，删也删不去，抹也抹不掉。人生大都是这样，初恋美好而又刻骨铭心，让人一辈子忘不掉。

一

1981年，徐帆上初二，有一天突然传来一个消息，说班里马上要转来一个了不起的人。传说中这个人简直无所不能，会各种乐器，还精通各种运动，人长得也像个英雄。同学们都被这消息吸引住了，天天盼着这个人来。

这一天终于来了。几十年过去，徐帆对那一天的情景依然记得清清楚楚。上午，班主任领着一名同学进来了，出现在同学们面前的他皮肤微黑，高鼻梁，浓眉大眼，平头正脸，乌黑的头发，左边的额角有个头发旋，还有一对如来佛一般的大耳朵。他穿着一身原来学校的校服，整个人干净利落极了，这就是新来的同学。他的名字叫白月光。光听这名字就知道富有哲理，寓意深刻，与众不同。老师介绍完，同学们掌声震天响。更让徐帆没想到的是，班主任竟然安排白月光和她一桌，徐帆那个高兴劲没法说，心里直喊老师万岁呢。

二

就因为这个同学的到来，这个班完全改变了模样。如果说班里以前是清一色的灰砖色或土黄色，那么从这一天起就变成了诱人的彩色。班里有了音乐，有了没完没了的欢笑和歌声。同学们开始觉得自己的班级是天下最好的班级，自己的学校是天下最好的学校。

日子一天天过去，关于他的所有传说正在变为事实。这个人真的无所不能，他竟然会演奏那么多乐器，无论什么乐器在他手里都一下神奇美妙起来，口琴、笛子、二胡、手风琴、小提琴，什么都难不住他。这些乐器发出各种奇妙的声音，简直成了神物。

他是球类运动高手，篮球、排球、乒乓球打得都好。

他还组织起一支业余演出队。校园里学习乐器的学生很多，也涌现出许多擅长表演的人。原来各种人才都一直潜伏在校园中，只等着他的到来，然后被一一召唤出来。

就是这么一个神一样存在的人，对大伙的学生时代产生了莫大的影响。同学们不光将他当成了偶像，还以和他是同班同学为荣。在同学们眼里，他是一个没有缺点的人，一个博学多能的人，更是一个品格高贵的人。他能将世上的一切事情都干得漂漂亮亮，而且只会成功不会失败。

三

白月光的爸爸是上海人，本来是教大学的，不知什么原因被下放到小镇教高中。他对白月光要求极严，白月光也挺争气，他的表现让同学们在心里发出惊呼，白月光真乃天人也。

以前考试，徐帆是第一。白月光来了后，徐帆就屈居第二了。好几次徐帆暗暗使劲，但不管怎么努力，总是白费，再也考不过白月光。慢慢地徐帆也就甘当第二了。

心态一变天地宽。他俩从对手变成了好友。每当徐帆自言自语说没墨水了，没等开口借，白月光总是默默地递给她钢笔水瓶。橡皮没了，白月光递过来。铅笔刀没有了，白月光递过来。即便当时徐帆缺的东西白月光没有，不出一天东西就会出现在徐帆面前。时间长了，哪怕徐帆不经意的一个眼神，白月光总是心有灵犀，徐帆还没说呢，白月光就递了上来。默契程度非同一般。

更让人感动的是，一次上体育课，徐帆一不小心崴了脚，白月光一点犹豫也没有，立即捏住徐帆的脚小心地揉了起来，那个认真劲就别提了。看着徐帆还是疼痛不已，白月光顾不上男女有别，背起徐帆就跑向医务室。一开始，徐帆还不好意思，立着身子，时间长了，她身不由己地伏在了白月光的后背上。一伏上，徐帆明显地感觉到白月光急促的呼吸声。见到白月光满脸的汗，徐帆心疼地擦拭着。到了医务室，医生给徐帆贴上膏药，按摩了一番，安慰几句后，让白月光架着徐帆回到了教室。整个过程，徐帆有种云里雾里般的感觉。他怎么对我这么好？是热心肠，还是有其他想法？徐帆也说不上来。呸呸呸，想多了，想歪了。不能以小人之心度君子之腹。这些龌龊的想法玷污了同学纯洁的友谊，你不能做这样的人。徐帆提醒着自己。

不过凡事讲究礼尚往来，你对我好我也要对你好。爱是你我，你有情来我有意。白月光投以木桃，徐帆报之琼瑶。白月光是班长，每当他上课喊“起立”同学们向老师问好时，徐帆不光第一个站起来，而且喊的声音最响。徐帆是学习委员，白月光安排的任何班级活动，徐帆都第一个支持。他俩都是班干部，只要白月光约她去办公室汇报工作，徐帆没有一次不去的。班里开联欢晚会，只要白月光要求，她总是先答应下来，然后赶鸭子上架，逼自己准备好台词，和白月光一块主持节目。班级间举行篮球比赛，徐帆是白月光的铁杆粉丝，球进了她欢呼最卖力，失误了徐帆最着急。每次休息时，徐帆把晾好的热水递给他，还不忘送上微浸着水的手巾，让白月光擦擦脸，提提神。再上场时，白月光有如神助，闪展腾挪，回头望月，百步穿杨，灌醉了女生。徐帆眼睛随着白月光的身影移动，神情专注，满眼里透着爱慕和佩服。

四

哪个少男不钟情，哪个少女不怀春。时间长了，徐帆对白月光有了一种特别的感情。

有一次白月光病了，徐帆心疼不已，央求奶奶买了一个苹果，想给白月光吃。可以什么理由呢？这样做，是不是超出了同学之间的友谊？徐帆有点犹豫不决。万一遭到拒绝，情何以堪。不知徐帆用食指抠了多少次苹果皮了，终究没好意思拿出来。直到苹果烂了，徐帆也没送出去。事后徐帆不知骂了自己多少回。你的胆子哪里去了，事情还没做就败下阵来，你到底怕什么呢？这点事就做不来，你还能干什么事，以后有你后悔的时候。

有没有行得通的法子？我师出有名，白月光拒绝不了。徐帆不停地思考并寻找着这样的锦囊妙计。

有了！

徐帆就向白月光请教问题，白月光一连讲好几遍，徐帆还是不懂。为什么？懂了也装不懂。明明不缺少东西，她也故意问白月光有没有。借东西，这是多么好的一个借口。徐帆约白月光到操场商讨班级活动方案，理由冠冕堂皇；放学回家，她看似无意间正巧碰到白月光，实际上徐帆早就算计好在那里等他呢。一番神操作，大伙经常看到他俩出入成双的身影。

同学和老师看出了端倪。如果硬要拉女配的话，放眼全校只有徐帆配得上白月光。徐帆要人物有人物，要长相有长相，要学习有学习。他俩要真在一起，那才是郎才女貌，天造的一双，地设的一对。就像电视连续剧《血疑》中的山口百惠和三浦友和，标准的金童玉女。好心的人们既没撮合，也没正儿八经当回事。只是一个想法，一个期盼，一个祝福而已。至于将来成不成，当然要看他俩的造化了。

五

徐帆是个浪漫的人。爱屋及乌，对纯洁无瑕的月光多了几分情感。每当夜晚有月光的时候，徐帆就拉开窗帘，让白色的月光射进来，她沐浴着月光，呢喃私语，进入梦乡。

这年冬天的一个晚上，徐帆醒来一看，月光白如昼。她唯恐上学晚了，赶快叫起上小学的妹妹去上学。徐帆兄弟姊妹多，晚上她和妹妹住在奶奶家。学校有两个校区，小学部没出村。初中部建在村的最北边，出村了。初中部大门朝东，门前有条长长的小路直通村里。徐帆径直去了学校，她怕落在白月光的后面。白月光家离学校远，每天骑自行车上学。每到学校，白月光都骑着自行车习惯性地按按铃铛，然后潇洒地画个弧，把自行车放好。徐帆光听铃铛声就知道白月光来了。

徐帆到了学校，大门还没开。她心里很庆幸，也很高兴。今天终于超过白月光了，徐帆站在学校门前，嘴角泛起笑容，等着心上人。

今夜的月光出奇的白啊，照得地面上的东西清清楚楚的。好长时间了，还不见一个同学的身影。同学们今天是怎么了？以前这个时候，同学们早就来了。徐帆紧紧盯着小路，想早早看到白月光骑车的身影。她期盼着白月光的到来，可左等右等，始终不见踪影。徐帆有点急了，跺起了脚，不停地嘟囔着怎么还不来，怎么还不来。终于在路的尽头，她看到一个骑自行车的人急匆匆向学校驶来。白月光来了，来了，激动得徐帆手都不知道放哪儿了。徐帆闭上眼睛，想象着动人时刻的来临。突然耳边传来一声呵斥：“天还这么早，你是疯了迷了，赶快回家！”原来是父亲来了。父亲一把拉住徐帆，提溜上自行车，回家了。一路上，徐帆是多么的失落和失望。这个白月光，你怎么不早一点来到。

回家以后徐帆才知道，自己睡迷糊了，起床的时候才2点多。是小妹没去学校，拐弯去了爸爸家，家里才知道的。

六

过了元旦，正当徐帆憧憬未来美好生活的时候，突然有一天，白月光没来上学。事先一点征兆也没有，他发生什么事了，徐帆急得像热锅上的蚂蚁。可她又不能问，免不了牵肠挂肚，后来才知道原因，白月光的爸爸回上海工作了。

唉，白月光这一走，带走了徐帆的一颗心。这一走不知何时才能见到他了。徐帆觉得天塌了，跑到自己的房间大哭起来，谁问也不搭腔。时间长了，徐帆开始生白月光的气。以前都是装的，什么心有灵犀，什么配合默契，什么山盟海誓，都是假的。一个大活人硬生生地消失了，叫谁也不相信。走得再急，也得打个招呼，让人有个心理准备，心里还有人家吗？要是有的话，怎么连个道别也没有？一想起这些，徐帆觉得怪委屈。

白月光啊白月光，难道这里没有一点地方值得你留恋吗？这里没有一个人值得你思念吗？连封信也不写，真够绝情的。一想到这些，徐帆就觉得白月光是个大骗子，恨死了白月光。

时间能治愈任何伤痛。

徐帆终于想起来了，元旦前白月光送给她一张贺年卡，上面写着新年快乐。贺年卡的背面有一幅画：夕阳下，一个小男孩和一个女孩手拉手奔向大草原。画的右上方有两行精美的文字：两人若是长久时，又岂在朝朝暮暮。莫非这就是暗示？徐帆想明白了，或许白月光想告诉她，可面对即将到来的分手，又能说些什么呢？

徐帆原谅了白月光。他一定有苦衷。他不想让我早早地难过，他这样做是对的。

白月光的形象在徐帆的心里霎时高大起来。徐帆暗下决心，白月光，你等着我，我一定要找到你。

无数个夜晚，当月亮升起来的时候，徐帆躺在床上总是想起《静夜思》来。

床前明月光，疑是地上霜。举头望明月，低头思月光。

七

徐帆把那份感情深藏在心里，回归正常的学习生活。

白月光成了徐帆学习的动力和力量的源泉，初中毕业时徐帆以全县第 16 名的成绩考进了县重点高中。

白月光，你等着我，我一定去上海找你。白月光激励着徐帆在求学的路上奋然前行。

转眼高考的时间到了。徐帆高考志愿填的全是上海的大学。

大上海我来了，任凭风暴旋涡。“正是你爱的承诺，让我看到了阳光闪烁，爱拥抱着我。我能感到你的抚摸，就算生活给我无尽的苦痛折磨，我还是觉得幸福更多。”一到魂牵梦绕的上海，能有机会见到白月光，徐帆的心里感慨万端。

在上海学习的四年时间里，徐帆期盼着奇迹发生，说不准上天会安排有情人相见呢。可能上帝很忙，忘了安排；也可能茫茫人海，连上帝也畏难发愁，奇迹终究没有出现。不过在徐帆的内心深处总有一个声音在呼喊：你快回来，我一人承受不来；你快回来，生命因你而精彩；你快回来，把我的思念带回来，别让我的心空如大海……

八

庞统是徐帆的同学，被徐帆的才华征服，义无反顾地爱上了徐帆。尽管是一头热，但他爱得死去活来。“既然上帝让我认识了你，那就非你不爱，非你不娶。爱你是我的事，不答应是你的事，我只做好我自己的事，剩下的事交给上帝去做。”庞统下定了决心，不达目的，誓不罢休。徐帆走到哪，庞统跟到哪。幸福不会从天降。付出越多回报越多，好事多磨嘛！不到手，不收兵。四年了，庞统使出了浑身解数，可徐帆就是铁石心肠，愣是不答应。她告诉庞统，别费力气了，她已有心上人，嫁人就嫁白月光，不可能改变的，有缘分还是等下辈子吧。

毕业了，徐帆回到家乡工作，庞统八千里路云和月，壮志未酬誓不休。他来到徐帆身边，不离左右，来日方长显身手，甘把热血写春秋。

三年很快就过去了。

一个在天边，虚无缥缈；一个在身边，痴心不改。时间不等人，岁月不饶人。再有心上人，可人在哪里啊？苦心人，天不负，百二秦关终属楚。父母的逼迫，世俗的压力，万般无奈的徐帆只好嫁给庞统，庞统终于抱得美人归。缘分不到，还是死了这份心吧。昨夜星辰已坠落，那份爱深深埋在心里。结婚那天徐帆流了好多泪，只有她知道为谁而流。

九

蜜月已过，真正过起日子来，难免会磕磕绊绊。庞统再有心理准备，也难抵山雨欲来风满楼的考验。生活中一有不如意，徐帆就挖苦庞统：算我瞎眼，心软嫁给你，你就这样对待我。我真后悔，我该坚持下去，说不准他正在人群中等着我呢。

有一次，不知什么话题又提到了白月光，庞统就捂住耳朵，脸色变得难看起来。徐帆受不了，立马教训起来：“触类旁通，触类旁通，你旁通个屁。连一个不知在哪里的人，你也吃他的醋，不是我说你，你和人家比，有什么可比性，你是会唱，会弹，会写，还是会拉？你什么都不会，你还有什么本事？你给我长长脸，行吗？”

庞统也不言语，任凭徐帆说。因为他知道，徐帆也就是说说而已。他娶了个如花似玉的大姑娘，是人生最大的赢家，为何跟一个不存在的人计较呢？

可这样的情形没完没了，在徐帆眼里，庞统怎么看都不顺眼。白月光无时不在，无处不在，庞统始终生活在白月光的阴影中。

庞统不思进取，徐帆就拿白月光说事：“你也学点好，看看人家，还不知道在哪里高就呢？嫁给你，我真是倒了八辈子霉。”

有一次，徐帆从噩梦中醒来，吓出一身冷汗。她先是梦见那次春游白月光骑车载着她，专挑坑坑洼洼的地方骑，车又骑得飞快，紧张得徐帆紧紧拽着白月光的衬衫，竟把衬衫撕烂了；接着梦到白月光衣不蔽体，还让她去救他。真是活见鬼了，这怎么可能？他是那么优秀，那么完美。徐帆不相信梦中情形，让庞统解梦，庞统笑着答道：“梦都是反的。人的命天注定，争来争去也没用，你只管放心好了。”徐帆得到安慰，能做的也只有祈祷白月光平安了。

一有空，徐帆就躲进自己的房间，有时候背诵三毛的《梦里花落知多少》歌词：“记得当时年纪小，你爱谈天我爱笑，有一回并肩坐在桃树下，风在林梢鸟儿在叫。我们不知怎样睡着了，梦里花落知多少。”不知哪句歌词打动了徐帆，让她百背不厌。有时候她也写信，不知写了多少封无法寄出的信。徐帆沉浸在两个人的幻想世界里，说不尽的思念，诉不完的衷肠。不过做完这些功课，徐帆都会告诉庞统，不然他怎么会知道？

后来她和庞统有了孩子，庞统以为徐帆会转移注意力，忘了那个人。没想到徐帆不光没忘，还更思念起来，她想把孩子培养成白月光那样有才的人。庞统稍微有意见，徐帆就讥讽他：“怎么又吃醋了，谁还没个梦中情人？你说你有吗？这都是人的隐私，这不是丢人的事，我又没做对不起你的事，只不过是一个心灵的寄托和安慰罢了，连这个也不行，你是不是管得太宽了？心胸这么狭窄。告诉你，任何人没权利剥夺我向往美好生活的自由。”

在这样的氛围中，他们儿子也慢慢长大了。有时儿子也好奇地问：“妈妈，咱家里谁是白月光啊？”

一次，他们准备换房子但存款不够，徐帆又数落起庞统来：“要是有他在，还用我操这个心，你穷乡僻壤小山村的人，你对这个家付出了多少？有什么资格住这么好的房子，过这么好的生活？我真是一朵鲜花插在牛粪上，你哪一点配得上我？你要条件没条件，要长相没长相，要家庭没家庭，嫁给你真是亏死我了。”

一次，庞统觉得徐帆为儿子花了不该花的钱，就那么一提，没想到又捅了马蜂窝。“闭上你的臭嘴，本来我就烦得了不得，你还给我添乱，你让我省省心吧，我给你生了这么优秀的一个儿子，你感激我还来不及，还在这里挑我的毛病，说我的不是，你没资格说我。要是有他在，咱怎么会花这冤枉钱。我这不是为儿子好吗？”

一次，徐帆又说起了白月光，庞统和儿子都笑话她：“妈妈又做白日梦呢。”徐帆委屈地哭了，“都怨你们，你们要好好的，不让我失望，我还这个样吗？”

天上下雨地上流，两口子打仗不记仇。

回回闹别扭，都是以庞统挑起争端开始，最后以庞统承认失败而告终。打了一辈子，庞统早就适应了。有时听不到白月光这三字他还不习惯呢。因为他知道，人家什么也没做，不就是说说想想吗？还能不允许人说、不允许人想？当初是自己下手追她的。那个时候，只要她愿意嫁给自己，她做什么自己也没意见。人不能忘恩负义，自己就应该像当初那样疼她，一切依着她，宠着她，含在嘴里怕化了，捧在手里怕掉了，对她再好也不过分。

爱一个人，就要爱她的一切，接纳她的一切。

十

这次40年同学聚会，听说白月光也要来，徐帆激动得好几晚没睡好。她急切地想知道，他现在长什么样了，过得好不好？还那么光鲜无比吗？不过遗憾的是，白月光终究还是没来聚会。但有了他的消息：他在离市郊几十里外的老家乡村里生活。

为了圆梦，徐帆和庞统踏上了寻找白月光的旅程。庞统也想知道这个想象中的“情敌”到底长什么三头六臂，让徐帆一直念念不忘？

这里每逢阴历三、八是大集。集市很大，人多极了，吆喝声震耳欲聋。朋友说到了大集，她要找的人一定会按时出现在这些拥挤的人群中。

他们不知找了多久，从集市入口到出口，还是不见那人踪影。最后，天色很晚了，他们正准备离开，突然围在巷口的一伙人闪开了身子，从巷子里慢慢走出一个人。大家都一声不吭地退到了一边，为他让出一条路。这个人拖着步子往前，穿了一件长及膝盖的破大衣。徐帆注视着他，忍不住跟了上去。

徐帆走到那人的对面，这才看出对方像个七八十岁的老人。他的头发乱成了一团，上面沾满了草屑，脸上有很多灰尘，皱纹是黑色的。他一直低头在地上寻找什么，有时候蹲下看一片菜叶，看上很久。他嘴里咕咕哝哝，听不清说些什么；有时抬起头，两眼痴呆地望着远处，半张着嘴巴。

天呐，这个人就是白月光……

最美的伤疤

一

1990年，振兴中学位于革命老区，是一所山区乡镇初中，条件艰苦，师资薄弱。学校分初一、初二、初三三个年级，每个年级6个班，全校共18个班，学生一千多人。老师由公办老师和民办老师组成，其中公办老师大约占全校老师的三分之二，民办老师大约占全校老师的三分之一。公办老师大都是师范专科院校毕业的，也有少部分是面向社会招工的老师。整个学校没有一位大学本科毕业的老师。全校上上下下都渴望着能分来一位大学生，给学校注入生机和活力。

这不盼什么来什么，想什么来什么。暑假刚过，上级就给学校分配了一名刚毕业的大学生。他，长方脸，一米八高，身材匀称，一双炯炯有神的大眼睛特别引人注目。他长得像高仓健，脸上挂着笑，还会弹吉他、吹口琴、唱歌、打球。作为全校唯一的一名大学毕业生老师，他一来，就引起了轰动，在校园刮起了青春旋风，宁静的校园开始热闹起来。

他叫郑强，做事新潮，与众不同。他每次上课前总是先早到几分钟，给同学们献首歌。他唱得和歌手一样动听。他这一唱，不光活跃了班级气氛，也消除了学生的疲劳，还带动同学们喜欢上了唱歌。他上课用普通话讲，字正腔圆，悦耳动听。学生们开始还不习惯，时间长了也就适应了。他讲课深入浅出，清晰透彻。

他把枯燥的数学知识编成口诀，既上口，又实用。用他总结的方法解题，学生只要会了一道题，其他同类题也就不在话下了。同学们学起数学来，不再觉得晦涩难懂，而感觉轻松加愉快。亲其师，信其道，同学们都喜欢上他的数学课，再也不觉得数学难学了，再也不觉得数学课时间漫长了。受人欢迎的郑强有了众多粉丝。每当上完课，他身后总是跟着一伙儿小跟班的，有男生也有女生，笑着闹着送他回办公室，直到铃声响了，这些人才恋恋不舍地跑回教室，连厕所也不去了。一段时间下来，他给人们的印象，正如他的名字一样，郑强是真强，不管哪方面，实在是太优秀了。

这样的人谁不喜欢呢?

人怕出名猪怕壮。郑强名声在外，早有人惦记起了他。

这不，说媒的来了，媒人是校长。女方是镇领导的亲戚，相中了郑强，领导便委托校长提亲。校长向领导夸下海口：“领导啊，你就赌好吧，这个鸡头我是啃定了。你把大公鸡准备好就行。你还不了解我吗？哪有咱办不成的事！老将出马，一个顶俩，等着好消息就是。”

校长拉了个满弓，认为亲自出马，必定马到成功。校长不愧是校长，办事不含糊，心中有数，不打无准备之仗。为了把这门亲事说成，他备足功课，不惜降下身段，三番五次找郑强谈心，晓之以理，动之以情。他苦口婆心，讲清利害。他散布消息，让学校老师都知道他给郑强说媒了。他放出风声，说郑强同意了，名“花”有主了，其他人都别想这好事了，以此给郑强施加压力。他的目的是通过制造声势，先消灭竞争对手。大伙儿都知道，这门亲事要是成了，郑强肯定会飞黄腾达，前程似锦。没想到校长有锦囊妙计，郑强有一定之规。不知是缘分不到，还是校长工作没做到位，不管校长怎么苦口婆心，郑强就是不松口，以各种理由拒绝。气得校长私底下直骂郑强不知好歹，不识好人心，不懂天高地厚，死心眼子，早晚要吃大亏。

二

慢慢地大伙儿知道了真相，都表达着自己的看法。

“一个贫穷落后的山区怎么能留住郑强这样的人才？”

“人家郑强是什么人？他的前程万丈光芒，他是蛟龙，一定会腾飞而去的，这里根本不是他待的地方。”有人理解了郑强的选择。

“校长光巴结领导了，也不看看介绍的什么人，一个乡镇企业的职工怎么会配得上郑强呢？癞蛤蟆想吃天鹅肉！别说这么有才的郑强不愿意，就是我这样的小人物也不愿意。”了解底细的人为郑强打抱不平。

“你别说，郑强这个人还挺有骨气，是个人物，不媚上，不怕上，前途无量。”有人佩服起郑强来。

“郑强有点自傲了，农村家庭出身，想找个什么样的，你是有才，可得罪了领导，有你好果子吃的，看你以后怎么混？很惨的。”有人替郑强担起心来。

“婚姻大事，事关一个人一辈子的幸福，岂能儿戏！”

“婚姻这事，既不能不讲究，也不能太讲究。要的是品位，情调，志同道合。”有人支持郑强的决定。

…………

对郑强拒婚这件事，人们说法不一，褒贬不一，茶余饭后，表达着自己不同的看法。

三

风平浪静后，几个单身的女老师也顾不得矜持了，反正郑强还没对象，人人都有追求幸福的权利，你不下手有人下手。她们蠢蠢欲动了。

从哪里下手呢？她们想到了和郑强同是数学组的贾梅老师。

贾老师家在山沟沟里，村名是贾家沟。从师范毕业，她是山沟里飞出来的“金凤凰”。她圆圆的脸上长着一对小酒窝，一笑还会露出一颗小虎牙。她皮肤白净，留着短发，经常戴着发夹。她爱穿风衣，风一吹，衬托起她优美的身段，妥妥的美女一个。

几个女老师打着找贾梅的旗号，有事没事向数学组跑。

有去找贾梅借书的，有去找贾梅谈事的，有去给贾梅送东西的。贾梅人缘一下子好了起来，忙得贾梅不是给她们倒水，就是搬椅子，热情接待着女同胞们。这些女老师每次去，虽说是找贾梅，可眼睛都瞟向郑强，一副对贾梅心不在焉的样子。时间长了，贾梅也就知道了姐妹们的心思，那是醉翁之意不在酒，在于郑强乎。贾梅明白过来之后，不再和以前一样那么激动了，不过依然热情招呼着姐妹们，毕竟人家名义上是来找她的。只是招呼完，贾梅知趣地忙着自己的事情，不再妨碍、打扰他们的谈话。不过万一她们杯里的水没了，贾梅总会自然而然、不失时机地倒上，再悄悄退回去。大伙儿心照不宣，贾梅善解人意。看破不说破，朋友继续做。心有灵犀，理解万岁。

有一段时间，老师们经常会在路上遇到语文组的王丽老师和郑强结伴而来。两人挨得很近，有说有笑，好像谈恋爱似的。这一幕惊醒了梦中人。“哎，你别说他俩要是真成了，倒是挺般配的。郎才女貌，天上的一双，地设的一对。”有的人还默默祝福起了他俩。

实际上这怎么会是奇遇呢？每次的结伴而来都是王老师精心设计而成。为了追郑强，王老师可谓煞费苦心，早早地盘算好郑强早上出现的时机，郑强一出现她就冲上去。缘分天注定，一生意难平。

这也怪不得王丽老师，王丽老师从小崇拜英雄，又爱好文学，极富浪漫主义情怀。再说王丽老师确实长得不错，个子虽然不高，但皮肤白净细腻，尤其那一双明亮清澈的大眼睛和高高的鼻梁，更是为她添色不少。她的父亲也是在教育领域里德高望众的领导。王丽出身教师世家，家庭条件自然不错，能让她看上的人放眼整个乡镇也确实不多。郑强无论从哪方面来讲，都符合她的择偶标准，这样的英俊小伙她从心底里喜欢。正因为这个原因，她才屈尊设法靠近郑强。先别说成不成，就做到这些也够难为她了。

女老师们有了危机感，竞争到了白热化状态。她们八仙过海，各显神通。你方唱罢我登场，一个更比一个强。

有的当面向郑强诉说衷肠；有的写信表达心意；有的请媒人说合；有的请郑强吃饭。反正什么方式的都有。

更让人惊讶的是下了晚自习，有人厚着脸皮在办公室等着郑强，还给郑强带好吃的。郑强一来，这些人就说起来没完没了，也不管郑强的敷衍态度，就是赖着不走。回去的时候，人家还要郑强送呢。郑强也没办法，谁让天这么晚，真让女老师一个人走，万一出了事，他可负不起这个责任来。女老师这一招正是抓住了郑强的软肋，她料定郑强是正人君子呢。

还有更绝的事情发生了。

到了周末，几个女老师也不回家，就像约好似的，一前一后去找郑强打发时光。郑强被美女们围绕着，应接不暇。他被美女“绑架”了，失去了自由，他快招架不住了。

可能是身在福中不知福，也可能是心底无私天地宽。一脱离包围圈，郑强长出一口气，总算解放了。郑强非常淡定，从他自身的行为来看，也看不出他对谁特别有意来。

四

日子一天天地过着。

突然有一天，校园里有了爆炸性新闻。数学组的贾梅不知用的什么方法，捷足先登了。

事情就是那么残酷，那么无情。你说为了追求幸福，她们谁不绞尽脑汁，竭尽全力？可事实打破幻想，那几个女老师都没戏，她们都以失败而告终。还真应了那句话，近水楼台先得月。人毕竟是感情动物，日久生情。贾梅和郑强同在一个办公室，郑强的所有举止都在贾梅的视线范围内。和那些女老师相比，她和郑强待的时间最长，她有得天独厚的条件。其他女老师的狂轰滥炸，促使郑强及早作了决定，也就是说，是她们的不当行为把郑强直接推向了贾梅，怨不得别人。这让人大跌眼镜，万万没想到的是贾梅和郑强在一起成了事实。

“你看人家贾梅，不显山不露水，默默无闻办大事。行，了不起，不简单。”有人为贾梅点赞。

“这个贾梅真是个狐狸精，不知用什么计策迷住了郑强。”有人为郑强惋惜，这些人当中找谁也比贾梅强。

“这个郑强真是个糊涂蛋，一点眼光也没有，你了解她吗？终身大事就这么轻率地答应了，有你后悔的那一天。”有人先知先觉，预测着未来。

…………

对郑强和贾梅的婚姻，有羡慕的，有嫉妒的，有记恨的，有吃不了葡萄就说葡萄酸的。反正说什么的都有。

女老师们接受了败局，变得很现实：“我不会在一棵树上吊死，人离了谁也能过。”有的甚至成了仇家，“哼，没你郑强，老娘我就嫁不出去？简直就是个笑话。我只会嫁得更好。”唯一的例外就是王丽，她一连几天不吃不喝，人消瘦了许多。

五

世上没有不透风的墙，慢慢地人们就知道了贾梅的方法。贾梅哪有什么锦囊妙计，只不过是用心、大胆罢了。

话说一天周末下午放学时，贾梅看见郑强走进办公室，立即趴在办公桌上哭了起来。这哭声引起了郑强的注意，他忙上前安慰道："你怎么了？有什么事吗？"没想到郑强不问还好，一问，贾梅哭得更厉害了。"这么伤心，到底发生了多大的事？把你急成这样？你说，我帮你。"郑强有点手足无措，忙问道。贾梅抬起头，满脸的泪花。她看了郑强一眼，又埋头哭了起来。这下郑强更急眼了，英雄主义气概促使郑强捧起了贾梅的脸，动情地说："别怕，没事，有事我帮你。"贾梅断断续续地告诉郑强，家里捎信来，说家里的地瓜要刨了，地瓜种得多，还要擦成地瓜片，家里没劳力干活，把贾梅愁哭了。郑强一听，放下心来。"这事好办，反正我没事，要是不嫌弃的话，我去给你帮忙。"郑强自告奋勇。"这，你行吗？怪累人的。"贾梅可怜巴巴地望着郑强，一副既担心又期盼的样子。"没事，我不怕累。"郑强毫不犹豫地答应了，说完还不忘秀秀自己的肌肉。

第二天一早，郑强就用自行车载着贾梅去了她在半山腰的老家。一路上，蓝天白云，青山绿水，他们翻过一道道沟、一座座岭。这哪里是去干活，而是去旅游。到了家，家里人一看，来了个这么棒的劳力，都高兴得不得了。家里为了早早完工，还找来了亲戚帮忙。一进家门，见到这么多人，把郑强给吓到了。细心的贾梅忙给郑强解围。不过家里很快分配了任务，这让郑强避免了不少尴尬。按照分工，他和贾梅两人在一起劳动。贾梅负责拉秧子，郑强刨，然后贾梅再堆起来，二人配合默契。劳动当中，那些亲戚一边干活儿一边对郑强指指点点，还不时流露出赞许的目光。大伙儿干得热火朝天，很快地瓜田就空出一片地方。到了擦地瓜片的环节，郑强也尝试着擦了起来。一开始他轻轻地，慢慢地，后来逐渐熟练起来。擦着擦着，郑强的手忽然被地瓜挡了一下，一不注意，右手大拇指左侧擦开了个口子，鲜血直流。贾梅一下子扑过来，举起郑强的手，用嘴吸吮起他的手指来，那个着急劲儿就别提了。她捏住郑强的手指，让家里人赶紧烧两根筷子，放在干净的碗里。等筷子烧成灰，她立马把灰抹在郑强伤口处，然后用干净布包扎起来。贾梅那眼神既嗔怪又心疼，恨不得是自己的手受伤。而郑强一个劲儿地说："没事，不用担心。"郑强越这样说，贾梅越担心，都快哭了。"别动，别动。"贾梅大声道。郑强左手不停地挠着头皮，还扮着鬼脸，似乎在说你看这事弄得。轻伤不下火线，干不了这干那，反正郑强也不闲着，仿佛有使不完的劲儿。贾梅也有操不完的心，时刻提醒郑强要小心再小心。

晚上入席的时候，全家人为了表示歉意，一个劲儿地拉郑强坐上座，发自内心地把他当成贵宾，这期间还不停地说着感激的话，仿佛郑强受伤都是全家人的错。弄得郑强极不好意思，忙没帮多少，倒是添了不少乱，都怨自己不小心，要是不受伤，能出更大的力该有多好。郑强时不时地自责着。

连续几个星期，贾梅家里总是有活儿干，不是板栗、核桃要打了，就是山楂要摘了。郑强为了弥补自己的过失，总是应承下来，甚至不求也应，主动问贾梅家里还有什么活儿要干。郑强心里有个信念，那就是轻伤不下火线，不能让人看不起。

这天又到了摘山楂的时候，郑强站在梯子上摘，贾梅在下面用筐子接。一开始他们干得很顺利，干着干着，在往下递的时候，郑强不经意间看到了贾梅上身不该看的部位，两人碰巧一对视，吓得郑强脸红了起来。明白过来的贾梅双手抱胸，鼻尖沁了汗，嘴角咬着几绺头发，羞得脸更红了，小声嗔怪道："你看什么？”说完又低下了头。这一声犹如晴天霹雳，吓得郑强心脏像有了小兔怦怦直跳。郑强啊，郑强，你真不是个东西，你成了什么人了，不能胡思乱想，你怎么能玷污纯洁的友谊。郑强不停地骂着自己……

吸引郑强愿意去帮贾梅干活儿还有一个原因是，每次在她家吃饭喝完酒，还能和贾梅的父亲切磋一下武艺。这个村庄自古以来就有习武的习惯，是当地有名的武术之乡。为了说明家乡人武功高超，人们这样来形容：连贾家沟的狗就会打拳，你说人厉害不厉害。贾梅父亲长拳打得好，从小热爱武术的郑强和贾梅的父亲交谈甚欢，还想拜师学艺呢。

他俩周一到周五是教师，周末就是义工。角色的互换，让他们的生活犹如电影的蒙太奇，有了全新的感觉。生活如此美好，郑强喜欢上了这个山清水秀的好地方，也爱上了这片沃土。

一连几个星期，回学校的路上，弯弯的山路留下他俩银铃一般的笑声。

郑强跑顺了腿，没事也愿意到贾梅家里去，一来一往人们都认为他俩成了。

这天晚上酒足饭饱后，郑强骑车带着贾梅往回走，山间的小路本来就窄，不知怎的，车子拐了几下，就歪到了路旁的沟里。郑强正压在贾梅身上，不知怎的，贾梅一下子拉过郑强的头，送上了热吻，而郑强一愣，旋即酒壮英雄胆。天为被，地为床，生米做成了熟饭……

贾梅靠着郑强的肩膀，拉着郑强的手，轻声说：“从今以后，我就是你的人了，你要好好疼我，我什么也不图，只图我们平平安安地过好日子。”

郑强信誓旦旦地承诺：“你放心吧，我会对你负责任的。”郑强的大男子主义、英雄主义展露无遗。“我要对你负责到底，一辈子对你好，只要你愿意。”为了表示自己说话算数，郑强还向贾梅发了誓。

六

从那以后，两个人很快就卿卿我我，你侬我侬，出双入对，如胶似漆了，叫人好生羡慕。

这天是物资交流大会，现场人山人海，热闹非凡。郑强和贾梅正兴高采烈地赶着集，突然见到前方聚集着一群人，还有人在骂骂咧咧的。郑强拨开人群，见中间有个穿喇叭裤、留小胡子的时髦小青年正训斥着一个老大爷。老大爷胡子花白，满脸的皱纹，穿着一双露着脚趾的布鞋，衣服上沾满了灰尘。老大爷低着头，一句话也不敢说。小伙子骂着骂着，来了情绪，上前一把抓住老大爷的头发。老大爷痛得直咧嘴，为了减轻疼痛，身子不由得随着小伙子的手转。小伙子还不忘扇老大爷几耳光，一副不依不饶、恶狠狠的样子。周围的群众看不下去了，可敢怒不敢言。光天化日之下还没有王法了吗？小青年的嚣张气焰惹恼了郑强。路见不平一声吼，从小爱打抱不平的郑强大喊一声：“住手！”说完郑强就要冲上去，这时贾梅眼疾手快，一把拉住他，把郑强的褂子拽得长长的，接着数落起来：“别逞能的，咱管这个干什么？又没咱的事，你就不怕得罪人。快走咱的，快走。”贾梅死死地拽住郑强。“你看把这个老人欺负成什么样了，难道没有天理了吗？咱就得伸张正义，该管的就该管，你不管我不管，社会风气谁来管？还有正气吗？”郑强和贾梅讲起了理。可说归说，在贾梅严厉的呵斥下，郑强终究没有出手，很不情愿地走了。

回去的路上，贾梅气还没消，教训起郑强来。

“没想到你还是个愣头青，你有没有脑子，管这个闲事干什么？你就不怕引火烧身，咱和人家非亲非故，要是真有亲戚，替自己人出气也到罢了，别人咱该管得过来？咱有多大的能耐，你要定好位，该管的管，不该管的不管，咱只是个小老百姓，咱不是铜墙铁壁，咱也不是钢铁卫士，伸张正义的事由警察去做。我不图你当英雄，只盼你平平安安的，什么名呀利呀，都没什么用，我不在乎的。以后你再犯浑，别怪我无情。”

一路上贾梅叨唠个不停。

七

天有不测风云，人有旦夕祸福。

忽然有一天，只见贾梅形单影只地出出进进，却不见郑强的身影。

“郑……”有几个老师刚想问：“郑强呢？”可是，看到贾梅一脸的苦相，往日那神采飞扬的幸福劲儿早就不见了踪影，老师们欲言又止。

这样的日子好像有点慢，一天，两天，三天，第四天，郑强终于来了。

短短几日，郑强像变了一个人。从不戴帽子的他戴上了一顶棒球帽。昂首挺胸、走路带风的他而今却是垂头丧气，且用手捂着半边脸。今郑强非昔郑强。这个反差太大，大家都感到奇怪：这是怎么回事呢？

原来郑强的左脸严重受伤，包扎伤口的医用棉纱遮盖了半张脸。大家不知怎么回事，因为郑强和贾梅都守口如瓶。

“可能和人打架伤的？”

“怎么可能？郑强这么好脾气能和谁打架？”

“摔的，可能是喝醉了骑车摔的。”

“你见郑强喝过酒吗？他滴酒不沾好不好？”

“要不，就是撞的，对，骑摩托车撞的。”

“他骑车可小心了，稳稳当当，怎么能撞车呢？不可能。”

大家百思不得其解，这么严重的伤疤，到底是怎么伤的呢？

更让大家惊奇的是，自从郑强伤了以后，就再也没见贾梅和他结伴同行过。以前下班回家，郑强骑车带着贾梅。坐在后座上的贾梅，总是手揽着郑强的腰，一脸幸福地把头靠在郑强的背上。现在这种情形再也没出现过，他们各走各的。不仅如此，之前一个碗里吃饭的他们，现在各吃各的。最重要的是他们逐渐没了交流，形同陌路。

再看郑强，整天像丢了魂似的，上课没了激情，课下更是沮丧，回到办公室就趴在桌子上，不知道是小憩还是想心事，也不与人交流，独自蜷缩在办公室的角落里。

“你看到郑强的伤疤了吗？右脸上老长的一块疤，藏青色，一辈子去不掉。他算是彻底毁容了，怪不得贾梅和他吹了。”

“是的，是的。理解，理解。贾梅那么爱美，情有可原。谁愿意一辈子和一个丑八怪天天生活在一起。”

“我也看到了，那天他脸上的纱布掉下来了，我偶尔看到……真吓人，真可惜呀！”

…………

郑强出了事，成了老师们的谈资。郑强走在校园里，人们暗地指指点点，议论纷纷。郑强没教过的女学生们看到他，会不自觉地“啊”一声，然后一溜烟跑了。

八

时间过得真快，一晃一个月过去了，大家对郑强的事没那么好奇，也没那么上心了。学校工作千头万绪，大家忙忙碌碌，似乎淡忘了他的事。

一天，学校召开法治教育报告会，邀请县公安局的领导来作报告。

报告会的后半场，公安局的领导给全校师生讲了一个“一位年轻人勇抓小偷的先进事迹”。

事情经过是这样的：

一位刚刚走出大学校园的年轻人，带着美好的憧憬来到了一所学校，当了一位老师。他是一位热情有爱的好老师。一日，他乘公共汽车去城里办事。到了城里他要下车时，发生了一件事，车上有小偷，偷了前去城里看病的大妈和她女儿的2000块钱。发现时小偷没走多远，大妈和女儿呼天喊地，恳求周围的人帮忙抓小偷。眼看着小偷就要跑了，这位年轻的人民教师挺身而出，第一个冲在前面，一把抓住了小偷，并厉声道：“快把钱交出来还给大妈！”小偷被这位威武的老师震住了，哆嗦着要交出钱来。可就在这时，意想不到的事情发生了。原来，小偷不是一个人，是几个人。正当这位老师死死抓住小偷让他交出钱时，旁边的一个同伙一拳打在老师的脸上，老师的脸上顿时鲜血直流。那小偷同伙的手上戴着刀片戒指，老师的脸被刀片划开了一个大口子。

老师丝毫没有妥协，忍着剧痛，仍然死死抓着小偷不放。这时，周围的群众赶过来，把小偷同伙吓跑了，并协助老师把小偷制服。小偷交出了大妈的看病钱。赶来的警察也把小偷抓了起来。大妈又感激又心疼，拿出1000元钱让老师去医院看伤。老师谢绝了大妈的好意，自己去了医院。老师的伤很重。缝合后他只在医院治疗了三天，因为担心学生落下课。第四天，他就回到了工作岗位。

现在，这个案子已经破了，小偷的同伙都被抓了起来，得到了应有的惩罚。对于抓小偷这件事，这位老师没有对任何人讲，公安局是通过老师在医院的治疗记录才找到这位老师的。

“下面请这位了不起的老师上台来领锦旗。”公安局领导话语一出，师生们先是一愣，进而会场上响起了雷鸣般的掌声。

“感谢郑强老师，你无私无畏的精神值得每一个人学习，你是大家学习的好榜样，你的伤疤是最美的伤疤。”

领导说完，把写着“见义勇为，弘扬正义”的锦旗送到了郑强的手里。

再看郑强，昂首挺胸，笑容满面，脸上的伤疤在阳光的照射下，像是贴在脸上的一朵花，美极了。

九

知道了事情的真相，贾梅一连几天睡不着觉。无疑郑强是个英雄，可当英雄是会付出代价的，甚至会牺牲生命。郑强啊，郑强，你逞什么能？一想到这点，贾梅就气得不行。我已经跟你说过多次了，你就是不改，就是不听。放着好好的日子你不过，去跟坏人坏事做斗争，出尽了风头。这可好，留下了伤疤，变得面目全非。知道内情的还倒好，不知道的看见以为你是个“魔鬼”。爱美之心，人皆有之，谁不愿意和英俊潇洒的人在一起，就你这个样子，我怎么有脸出门，我怎么和人见面，还得逢人就解释伤疤的由来？你说说，这让我情何以堪？祸是自己惹的，怨不得别人。你今天这样，谁能保证明天会怎样？万一再遇到类似的事，你是不是还挺身而出？贾梅越想越害怕，越想越无助，越想越崩溃，这成了贾梅的一个心病。

你就是一个小老百姓，天下的坏蛋由警察去抓，你以为你是谁？天天提心吊胆、担惊受怕，这样的生活谁受得了。我不想出名，不想达济天下，只想独善其身，连这点愿望你都满足不了我吗？一想到这，贾梅恨郑强恨得牙根痛。我只是一个凡夫俗子，只想过安稳的日子，我不想出名，三条腿的蚂蚱不好找，两条腿的人还不有的是？我不愿意让自己的婚姻有什么遗憾，你要是不冲动有多好啊，我对你是多么的满意，可现在，谁愿意带着一个心结、一个不如意过一辈子……

寝食难安几天以后，贾梅终于做出了抉择。罢，罢，罢。你走你的阳关道，我过我的独木桥。你当你的大英雄，我做我的小平民。别了，郑强。

好几次郑强找贾梅谈心，贾梅总是拒绝见面。就是见了面，她也不听郑强的解释。当断不断，必受其乱。反正自己是铁了心分手的，长痛不如短痛。不管郑强怎么说，贾梅都无动于衷，变得绝情起来。

贾梅不认为自己吃亏，不认为自己是受害者，反而觉得她是胜者，是她占有了郑强，是她把郑强一脚踢开，她高高在上，趾高气扬。

郑强痛苦万分，绝望透顶。

这天深夜，郑强在操场转了一圈又一圈。想着和贾梅交往的一幕幕温情，难忘的点点滴滴。曾经海誓山盟，信誓旦旦说爱我一千年一万年的梅怎么说变就变了呢，世上到底还有什么是真的？我虽然外貌变了，但爱你的心没变。以前的真情实感都哪里去了，难道从一开始就是骗人的鬼话？我不是做了我认为应该做的一件事吗？你就这样对我，我对自己的行为也不后悔。我觉得我没错。但凡是个热血男儿，遇到这样的场景都会站出来。以后我还会这样做的。没想到你的虚荣心这么大，道不同，不相为谋。直到东方鱼肚白，郑强立下了铮铮誓言：我还是我，一个不一样的我。

十

郑强放下了包袱，恢复了自信，又投入紧张忙碌的工作中去。

有一次学校组织篮球赛，郑强高超的球技博得现场观众的掌声，大胆的女学生还给他端温开水呢。

郑强的周围慢慢地又有了小跟班的。事情就是这样，时间长了，看顺眼了，见怪不怪，也就不觉得他的伤疤丑了，甚至还认为美呢。

语文组的王丽老师精心打扮起来，开始频繁接触郑强。知道了郑强的英雄事迹，王丽佩服得五体投地。这样的人有大爱，不是个简单人物。每次遇到郑强，她的眼神都透着敬佩的目光。这样的人太伟大了，太了不起了，我要向他学习，向他致敬，为他做点什么。王丽主动给郑强洗衣服、做饭，以实际行动安慰郑强受伤的心。人都是有感情的，慢慢地王丽就把郑强融化了，郑强也觉得怎么原先没发现王丽的善良呢。

新婚之夜，王丽躺在郑强怀里，摩挲着郑强脸上长长的伤疤，从小爱英雄的她深情地说："你知道吗？在我眼里它是世上最美丽的伤疤，它是一枚勋章，它记录着你的荣耀，我为它自豪，我为你骄傲。"

后　记

诗人艾青在《我深爱的土地》中有这么一句话："为什么我的眼里常含泪水，是因为我对这片土地爱得深沉。"在人生的旅途上，每当想起这段话，曾遭遇过车祸的我都会受到触动，心里热乎乎的。

记得那是 2013 年 5 月 26 日，在一段山路上，由于司机疲劳驾驶，我所乘坐的公共汽车像脱缰的野马撞向高速路边上的护栏树。我从窗户上飞出，直向沟底冲去。老天保佑，祖宗庇护，我生命无忧。在住院 1 个多月的日子里，躺在病床上的我日夜思量，感慨万千。人的生命是如此脆弱，我一定让生命留痕。出院后，我涅槃重生，拿起了笔，一种怀念与倾诉的欲望迅疾涌向笔端，化为了饱含真情的文字。从此文学创作成了我心灵的寄托与支撑。

我从身边最熟悉的人和事写起，先找寻一个活生生的原型，然后在他身上"添油加醋"，造就文章；有时也以自己为原型，组合其他的人和事成文。我所写的每个情节，每一段对话我都能如数家珍，因为我知道它的来龙去脉。我也体会到了什么是打腹稿。有了创作的想法后，我会反复酝酿，再讲给文友听，让他们提出宝贵意见。想法孕育的时间久了，就会"分娩"了。在这个过程中，我满脑子都是故事情节，有时在散步或睡觉时突然想起好的点子，就赶紧用手机录下音来，等有了时间再打开文档，边听录音边一句一句地提炼成文字，力求表达完美。写完后搁置一段时间我会再修改。文章常读常新。每读一遍都有不同的体会和感受，思路也随之改变，有时不得不忍痛割爱，把原先大段的文字删掉，再重新开始创作。我沉浸在自己的文学王国里，每写完一篇，总有种成就感和自豪感，充实，快乐，会激动好一阵子。

由于担任学校校长、书记的职务，工作事务较多，为做到工作、写作两不误，我给自己定的原则就是“两不一做”：在单位不谈文学，在家里不谈教学。我的文学创作都在周末时间或假期做。为了集中精力，我推掉不必要的应酬，晚饭大都在父母那儿吃，顺便利用这段时间陪老人聊聊天。然后，我推着车子沿着滨河公园步行 40 分钟左右到家，权当是锻炼身体。回到家大约晚上 8 点钟，我洗把脸，端一杯清茶，走进书房，开启我的阅读模式，一直到深夜 12 点。

自打热爱上小说创作，我成了“购书狂”，网上推荐的中外名著或小说创作理论，我都买来研读。读到动情处，我倒背着手，踱着步，来回走动，回味无穷。研读文学让我变成了最“富有”的人。这是我的生活节奏，也是我的生活规律，轻易不会改变。

我还参加了各种学习班，师从杨晓敏、蔡中锋等众多名师，也是山东省第 29 届作家班学员，听过刘庆邦、施战军、彭学明、谢有顺、曾平、袁炳发等众多名家的课，这些经历都极大地提高了我的写作水平和文学素养。

通过学习，让我知道小说不分长短却分好坏，好的小说应具有多种文学可能性，可以做多重解读，有的读情节故事，有的读文本意趣，有的读寓意和象征，有的读亦真亦幻。说是这样说，但写小说确实挺难的，写好的小说更难，所以我对写作一直充满了敬畏。

通过学习，让我明白小说要好看，就要讲好故事，讲有意思的故事，要把故事讲得感人，讲得理性，讲得机巧，讲得智慧，让故事闪烁出生活的多彩和思想的光焰。每当我写出一个好情节、好故事时，就会高兴、激动好一阵子。

我十分欣赏法国哲学家笛卡尔的名言："我思故我在。"通过思考，我对文学有了自己的认识和体会。

"文学的存在，是推动人类生生不息的精神之火。"文学就应该具有思想性，作者要注重对主题的提炼。我虽然不喜欢主题先行的理论，但我觉得小说创作应该通过小说里的人物向读者传达点什么，以主人公的生活以及他们在世界的位置，去感知生活、观看并介入生活。作者也应该透过小说人物的行为和命运，更好地理解和体察生活，或讴歌真善美，或针砭假恶丑，绝不以文学的技巧游戏生活。

小说是语言的艺术，比如乡村小说的语言，我喜欢那种清新自然，朴素洗练，喜欢那种浓郁的抒情味道，语言简洁、优美，富于诗情画意。我觉得小说语言不论是对话，还是叙述、描写，应该通俗、洒脱、明了、优雅而富有生活气息。我也喜欢幽默、诙谐的语言，善意地针砭生活中的一些人和事。在我个人的审美中，小说不能单是那种大家不断歌颂的"高大上"或"道德情操"，也不能只讲究"结尾惊奇"。小说特点还可以多一点，比如有趣味，有格调和有境界。生活不只是眼前的苟且，还有诗有梦有远方。

巴尔扎克说过："生活是最过硬的。"文学作品如果与生活隔离，都是"死作品"。三十多年的教书生涯我已经匆匆走过了，我积累了那么多时光与故事，沉淀了那么多的思考和构想，怎舍得放弃追逐梦想？写我的生活与理想，叙我的心事与情思，让更多的人物在我的笔下鲜活而生动。这不仅能锻炼自己的文笔，圆自己的作家梦，还能锤炼自己的思想，提高自己的素养，学会做人，懂得感恩。生活几乎每天都会给我们带来一点惊喜、快乐和幸福，其实人生不就是由一个个小快乐和小幸福组成的吗？这些年里，我先后出版了《兵哥哥，你在他乡还好吗？》《任欣教育随笔》《一朵可爱的小红花》三部专著，评上了正高级教师，加入山东省作家协会，还结识了一大批全国各地的师友，与有的师友甚至成为挚友。可以这样说，是文学创作使我收获了满满的幸福。

一路走来，虽然也有过迷茫、困惑和痛苦，但更多的却是快乐和幸福，可谓失败与成功相伴，顺利与艰辛共生。我庆幸自己的执着与坚持，更感恩这期间众多师长的关怀和扶持。

出版此书，既是对这些年短篇小说创作的一次盘点，也是一个总结。正因为如此，方有了书中形形色色的人物、悲悲喜喜的故事，供读者去品鉴，去玩味，去思索，去叹惋。艺术上优劣短长，读者自有公论，无须作者置喙。聊以欣慰的是，我尽力了，敝帚自珍，顾影自怜，如是而已。

本书的编辑出版，需要特别感谢中国作协会员、世界华文微型小说研究会会长凌鼎年老师，凌鼎年老师在百忙之中为我作序，给了我莫大的鼓舞；还要感谢李晓玲帮我联系出版社，并提出很多宝贵建议；也要感谢蔡进步在繁忙的工作之余，挤出时间为我修改文章，润色文章；还有张晓玲、陈秀春、刘芳、齐欣、贾富英、路平等好友对我的关心、鼓励与支持，在此一并表示感谢。

文学就是人学。小说最精彩之处，不是渲染，不是夸张，而是真实和隐藏。我要把真实和隐藏的艺术渗入自己的人生，以谦卑的态度对待写作，老老实实做人，踏踏实实写作，不管前面是风雨，还是彩虹。因为生活正是这样充满美好与深刻。

由于时间匆促，加上本人水平有限，错漏在所难免，敬请各位文友批评指正！

任　欣

2024 年 7 月 21 日